Bianca™

Emma Darcy
Una tentación prohibida

Harlequin™

Editado por HARLEQUIN IBÉRICA, S.A.
Núñez de Balboa, 56
28001 Madrid

I.S.B.N.: 978-84-9010-223-7
Depósito legal: B-41399-2011
Editor responsable: Luis Pugni
Fotomecánica: M.T. Color & Diseño, S.L. Las Rozas (Madrid)
Impresión en Black print CPI (Barcelona)
Fecha impresion para Argentina: 13.8.12
Distribuidor exclusivo para España: LOGISTA
Distribuidor para México: CODIPLYRSA
Distribuidores para Argentina: interior, BERTRAN, S.A.C. Vélez
Sársfield, 1950. Cap. Fed./ Buenos Aires y Gran Buenos Aires,
VACCARO SÁNCHEZ y Cía, S.A.
Distribuidor para Chile: DISTRIBUIDORA ALFA, S.A.

Capítulo 1

ERA VIERNES por la tarde y Jake Freedman estaba en el despacho de un hombre al que tenía motivos para odiar, y apenas podía contenerse para no marcharse. Pronto, muy pronto, tendría todas las pruebas para acusar a Alex Costarella por haber actuado como un buitre, aprovechando las empresas en bancarrota para hacer aumentar sus fondos. Entonces, podría marcharse. Entretanto, la farsa de que aspiraba a ser la mano derecha de Costarella en el negocio de las liquidaciones, no podía tener ni un fallo.

–El domingo es el Día de la Madre –dijo el hombre, mirando a Jake con interés–. Tú no tienes familia, ¿verdad?

«No desde que ayudaste a matar a mi padrastro». Jake puso una triste sonrisa.

–Perdí a mis padres cuando era un niño.

–Sí, recuerdo que me lo dijiste. Debe de haber sido muy difícil para ti. Eso hace más admirable que consiguieras una carrera profesional y que hayas hecho tan buen trabajo en ella.

«Cada paso del camino ha estado marcado por la ambición de derrocar a este hombre. Y lo conseguiré. Me ha costado diez años llegar hasta aquí... Aprender contabilidad, legislación, conseguir experiencia en los negocios de Costarella, ganarme su confianza. Sólo unos meses más y...».

–Me gustaría que conocieras a mi hija.

Jake se quedó sorprendido. Nunca había pensado en la familia de aquel hombre, o en el efecto que sus actos podían tener sobre ella. Arqueó las cejas de forma inquisitiva. ¿La hija iba a participar en los negocios de su padre? ¿O es que aquello era un intento para emparejarlos?

–Laura es una mujer despampanante. Inteligente, y una gran cocinera –dijo Costarella–. Ven a comer a mi casa el domingo y descúbrelo tú mismo.

Jake rechazaba la posibilidad de tener una relación personal con alguien relacionado con aquel hombre.

–Me entrometería en vuestro día familiar.

–Quiero que vengas, Jake.

La expresión de su rostro no daba lugar a negativas. Era un hombre con el pelo cano y ojos grises, que se expresaba con la confianza de alguien que podía conseguir el control de cualquier asunto y someterlo a su voluntad.

Jake sabía que, si insistía en rechazar la invitación, perdería la posibilidad de tener acceso a las pruebas que necesitaba.

–Eres muy amable –contestó con una sonrisa–. Si estás seguro de que seré bienvenido...

Cualquier duda al respecto era irrelevante. Costarella conseguía aquello que se proponía.

–Ven a las once y media. ¿Sabes dónde vivo?

–Sí. Gracias. Allí estaré.

–¡Bien! Te veré entonces –sus ojos grises brillaron con satisfacción–. No te decepcionarás.

Jake asintió, consciente de que tendría que acudir a su casa el domingo y mostrar interés por su hija a pesar de que odiaba la idea.

No sabía qué era lo que pretendía Costarella. Era ridículo que intentara encontrar un pretendiente para su hija, como si las personas fueran títeres y pudiera moverlos a su antojo. Sin embargo, ésa era la mentalidad de aquel hombre. Se movía a su ritmo, sin importarle el interés del resto.

Jake tenía que seguirle el juego. Y si tenía que empezar a salir con Laura Costarella, lo haría, pero no llegaría a tener una implicación emocional con ella por muy bella e inteligente que fuera.

Era la hija del enemigo.

No debía olvidarlo.

Nunca.

El Día de la Madre...

Laura Costarella deseaba que aquel día fuera como se suponía que debía ser, un día memorable para su madre en el que sus hijos le mostraran su amor y su agradecimiento por todo lo que había hecho por ellos, y junto a su esposo disfrutara de la familia que juntos habían creado.

Pero no iba a ser así.

Su padre había invitado a una persona especial a la comida familiar y, a juzgar por la engreída sonrisa con la que hizo el anuncio, Laura sospechaba que aprovecharía al invitado para mostrar las limitaciones de sus hijos y los defectos de la madre que los había criado.

Jake Freedman, un nombre con carácter. Y, sin duda un hombre con un carácter tan fuerte como su padre o, si no, no habría ascendido tan deprisa hasta la cima de Costarella Accountancy Company, que amasaba millones gracias a las empresas en quiebra. ¿Sabría cómo iba a ser utilizado ese día? ¿Le importaría?

Laura negó con la cabeza. Pasara lo que pasara, ella no podría evitarlo. Lo único que podía hacer era preparar los platos de comida favoritos de su madre e intentar disimular el descontento de su padre con su familia. «No dejes de sonreír pase lo que pase», se dijo.

Por el bien de su madre, esperaba que su hermano hiciera lo mismo. Que no se dejara llevar por el resentimiento. Que no se marchara. Que sonriera y se encogiera de hombros ante los comentarios de crítica. Sin duda, no era mucho pedir que Eddie mantuviera su testosterona bajo control por un día.

Sonó el timbre justo cuando ella terminaba de preparar las verduras para hacer la receta que había visto en uno de sus programas de cocina favoritos de la televisión. Estaban preparadas para meterlas al horno con la pata de cordero. La crema de calabaza y beicon sólo había que recalentarla. La nata estaba batida y la tarta de lima-limón estaba en la nevera.

Se lavó las manos, se quitó el delantal y sonrió, dispuesta a recibir a la visita con todo el encanto posible.

Jake estaba en la puerta de la mansión de Alex Costarella, preparándose para ser un invitado atento y encantador. El edificio de dos plantas de ladrillo rojo era una de las antiguas haciendas de Sídney, y tenía la fachada perfecta para ocultar la verdadera naturaleza del hombre que la había conseguido a base de engañar a otras personas.

Él recordaba cómo había luchado su padrastro para conseguir que los empleados del tribunal de quiebras retrasaran la puesta en venta de la hacienda familiar mientras su madre estuviera viva, antes de que el cáncer acabara con ella unos meses más tarde. Y todo el proceso había sido iniciado por Costarella, que prefirió no pensar en cómo salvar una empresa y cientos de empleos, y eligió llenarse los bolsillos mientras se ocupaba de vender todos los activos.

Sin piedad.

Su padrastro falleció pocas semanas después de la muerte de su madre. Dos funerales en muy poco tiempo. Jake no podía culpar de ambas muertes a Costarella, pero sí de una de ellas. Se sorprendía al pensar que era como un lobo esperando a entrar en la guarida de otro lobo.

Costarella no sabía que Jake estaba al acecho, esperando el momento adecuado para atacar. Alex pensaba presentarle a su hija para que hiciera de cebo y lo tentara con un futuro brillante en la empresa, sin percatarse de que la presa era él. Y en cuanto a Laura...

Se abrió la puerta y Jake vio a una mujer que, al instante, le resultó interesante. Era muy guapa, con el cabello negro y rizado, los ojos azules y unos labios carnosos que, al sonreír, mostraban una dentadura perfecta. Iba vestida con un top morado y blanco que tenía un escote lo bastante pronunciado como para mostrar la curva de sus senos, suficientemente grandes como para llenar las manos de un hombre. Unos pantalones vaqueros apretado, de color morado, resaltaban su figura y sus piernas esbeltas. Un primitivo deseo sexual se apoderó de Jake.

Esforzándose por mantener la compostura, Jake la saludó.

–Hola, Soy Jake Freedman –dijo, confiando en que ella no se hubiera percatado de lo sorprendido que estaba.

La hija de Alex Costarella era una trampa para hombres.

Y caer en ella no entraba dentro de sus planes.

–Hola, yo soy Laura, la hija de la casa.

Oyó pronunciar sus palabras como si hubieran sido pronunciadas desde la distancia. Estaba completamente absorta por el atractivo de Jake Freedman. Aunque atractivo no era la palabra que más encajaba. Ella había conocido a muchos hombres atractivos. La vida de su hermano estaba llena de ellos, de actores dejando su huella en los programas de televisión. Pero aquel hombre... ¿por qué se le había acelerado el corazón y sentía un cosquilleo en el estómago?

Tenía el cabello de color castaño oscuro y lo llevaba muy corto. Los ojos marrones y con una mirada muy sexy. La nariz recta, el mentón prominente y la boca perfecta. «Podría representar el papel de James Bond», pensó Laura, y tuvo la sensación de que él era tan peligroso como el personaje de la legendaria película.

Era un hombre alto, delgado y de aspecto muy masculino. Vestía pantalones vaqueros negros y una camisa negra y blanca de sport con las mangas arremangadas, dejando al descubierto sus musculosos antebrazos. Jake Freedman era tan masculino que era imposible no reaccionar ante él como mujer.

—Encantado de conocerte —dijo él, y le tendió la mano con una sexy sonrisa.

—Lo mismo digo —contestó ella, y le estrechó la mano—. Pasa, por favor.

—La hija de la casa —repitió él—. ¿Eso significa que todavía vives en casa de tus padres?

—Sí. Es una casa grande —contestó ella. Lo bastante grande como para mantenerse alejada de su padre la mayor parte del tiempo.

Jake Freedman debía de ser unos años mayor que sus amigos de la universidad, teniendo en cuenta el puesto que tenía en la empresa de su padre. Eso le hizo recordar que debía evitarlo como si fuera una plaga. No tendrían nada en común.

–Mi familia está disfrutando del sol en el patio trasero –dijo ella, y lo guió por el pasillo que dividía la casa en dos–. Te llevaré donde está mi padre y después os sacaré un aperitivo. ¿Qué quieres beber?

–Un vaso de agua con hielo estaría bien, gracias.

–¿No bebes whisky con hielo, como mi padre?

–No.

–¿Y un vodka?

–Agua.

«Bueno, no es James Bond», pensó ella, conteniendo una risita.

–¿Tienes trabajo, Laura?

–Sí, soy la directora de primeras impresiones –se rió al ver su cara de asombro–. Lo he leído esta mañana en el periódico –le explicó–. Es como se llama ahora a las recepcionistas.

–¡Ah! –sonrió él.

–¿Y sabes cómo llaman a un limpiador de cristales?

–Por favor, ilústrame.

–Ejecutivo de visión despejada.

Él se rió, aumentando su atractivo con su sonrisa.

–Un profesor es un navegador de sabiduría. Y un bibliotecario es un especialista en recuperación de información. No recuerdo el resto de la lista. Todos los títulos eran muy farragosos.

–Así que, hablando en claro, eres recepcionista.

–A media jornada en una consulta médica. Sigo

en la universidad, estudiando arquitectura de jardines. Es una carrera de cuatro años y ya estoy en el
último.

—¿Estudias y trabajas? ¿Tu padre no te mantiene?
—preguntó.

—Mi padre no paga lo que no aprueba. Deberías
saberlo, puesto que trabajas con él.

—Pero eres su hija.

—Y se supone que debería cumplir sus deseos.
Me permite vivir aquí. Ése es todo el apoyo que mi
padre me dará para que estudie esa carrera.

—Quizá deberías haber buscado la manera de in-
dependizarte.

Era un comentario extraño para un hombre que
debería ser experto en satisfacer los deseos de su
padre. Sin embargo, ella no estaba dispuesta a dis-
cutir la dinámica familiar con un extraño, y menos
con alguien especializado en ponerse del lado de su
padre.

—Mi madre me necesita.

Era una breve respuesta, y todo lo que obtendría
de ella. Laura abrió la puerta trasera y lo presentó:

—Tu amigo Jake está aquí, papá.

—¡Ah! —su padre se levantó de la mesa del patio
en la que estaba leyendo el periódico del domingo—.
Me alegro de verte por aquí, Jake. Hace un bonito
día otoñal, ¿verdad?

—No podía ser mejor —convino él, acercándose
para estrecharle la mano.

Se sentía seguro de sí mismo y con la situación,
algo que Laura no sentía. Estaba asombrada por la

fuerte atracción que había experimentado y que no conseguía olvidar. No era bueno. No podía serlo. Lo último que deseaba era que un hombre como su padre interfiriera en su vida.

–Ve a buscar a tu madre, Laura. Le está mostrando a Eddie las últimas novedades del jardín. Puedes decirle a los dos que vengan a conocer a nuestro invitado.

–Lo haré –dijo ella, contenta de marcharse de allí y consciente de que a su padre le gustaba que lo obedecieran a la primera.

El jardín era el refugio de su madre. Era feliz cuando hablaba sobre qué podían hacer en él con Nick Jeffries, el ayudante que compartía su entusiasmo por diseñar y trabajar en el lugar. A Laura también le encantaba aquel jardín, y la idea de construir algo bonito en lugar de destrozar las cosas, como hacía su padre.

Y como hacía Jake Freedman.

No podía olvidarlo. Nunca podría tener algo en común con una persona que se dedicaba a destruir.

–¡Mamá! ¡Eddie! –los llamó. Estaban junto al estanque, donde Nick había instalado unas lámparas solares–. Ha llegado el invitado de papá.

Su madre dejó de sonreír y miró a su hijo con nerviosismo, preocupada por el inminente choque de personalidades que podría producirse.

Eddie la agarró por los hombros y sonrió para tranquilizarla.

–Prometo ser bueno, mamá. Hoy no seré un chico malo.

Consiguió que su madre soltara una risita.

Eddie tenía el papel de chico malo en la serie en la que actuaba. Su cabello negro, la barba incipiente, el hoyuelo de su barbilla y sus penetrantes ojos azules, hacían que fuera muy atractivo, sobre todo en su ostentosa motocicleta. Ese día llevaba una chaqueta de cuero negra, aunque se la había quitado debido al calor de la mañana. Su camiseta blanca tenía el dibujo de una Harley-Davidson. Parecía un motorista, para disgusto de su padre.

Los tres regresaron hacia el patio. Laura y Eddie a cada lado de su madre, dispuestos a conseguir que tuviera un feliz día. Por qué seguía viviendo con su padre era algo incomprensible. No era un matrimonio feliz. Su marido era muy dominante y controlador, de forma que ella apenas tenía vida independiente.

Laura siempre consideró a su madre un ama de casa, bien vestida y peinada, que se ocupaba de que todo en la casa estuviera perfecto. Incluso su nombre, Alicia, encajaba con el papel.

Ese día estaba especialmente guapa. Se había teñido de rubio su cabello corto y llevaba puesto una camisola azul que resaltaba el color de sus ojos. Durante la última época, apenas tenía brillo en la mirada y Laura estaba preocupada de que tuviera algún problema de saludo que no quisiera admitir. Además, estaba demasiado delgada, algo que se ocultaba bajo la amplia camisola que llevaba. Los pantalones blancos también le quedaban anchos, pero le daban un toque elegante. Sin duda, nadie notaría nada extraño en ella. Jake Freedman la encasillaría como la típica mujer de un hombre rico.

—¿Qué aspecto tiene? —preguntó su madre.

—Se parece a James Bond —dijo Laura.

—¿Qué? ¿Parece un tipo peligroso? —preguntó Eddie.

Ella sonrió.

—Y muy sexy y atractivo.

—No se te ocurra enamorarte de él, Laura. Es un territorio peligroso.

—Sí, ten cuidado —le advirtió su madre—. Puede que tu padre quiera que te guste ese hombre. Tiene que haber algún motivo para que lo haya invitado aquí esta noche.

—Podría ser que entre los planes de Jake Freedman figure el de casarse con la hija del jefe —intervino Eddie.

¿Casarse?

¡Nunca!

Ella siempre rompía las relaciones cuando el chico comenzaba a pedirle compromiso, algo que siempre sucedía tarde o temprano. Por lo que había visto en su casa, el matrimonio consistía en una interminable lista de exigencias cargadas de recriminaciones en caso de que no se cumplieran. Ningún hombre iba a tenerla como esposa.

—No soy tan fácil de devorar —le dijo a su hermano—. Voy a darle de comer. Si necesita algo más, que silbe.

—Como Humphrey Bogart —murmuró la madre.

—¿Qué?

–En una película Humphrey Bogart silbaba para atraer a Lauren Bacall. Es antigua.

–No la he visto.

–¿Y al final consigue a la chica? –preguntó Eddie.

–Sí.

–Sin duda, ella quería que así fuera –dijo Laura–. Es otra historia.

–Vigilaré al amigo de papá –bromeó el hermano.

–Me temo que van a utilizar a ese hombre para mostrarte lo insignificante que eres, Eddie, así que cuidado con lo que dices.

–No sé... No sé... –dijo su madre.

–Está bien, mamá –la tranquilizó Eddie–. Laura y yo hemos levantado nuestras barreras y hoy nada podrá resquebrajarlas. Ahora, relájate. Ambos estamos en guardia.

Era un alivio oír a Eddie decir con tanta seguridad que se había colocado la armadura protectora. Laura deseaba poder decir lo mismo. A pesar de lo que le dijera la mente, tan pronto vio a los dos hombres en el patio y se fijó en que Jake Freedman la miraba, no había barrera que la protegiera de la química sexual que había entre ambos.

Al instante, notó que sus pezones se ponían erectos y que empezaba a mover las caderas de forma provocadora, guiada por un instinto primitivo para mostrar su feminidad. Notó un fuerte calor en la entrepierna y sintió que le flaqueaban las piernas. La tentación parecía más fuerte que el sentido común que le decía que se mantuviera alejada de aquel hombre.

Le encantaría poseerlo.

Al margen de que cometiera una gran equivocación.

Le encantaría poseerlo.

¡Sólo por la experiencia!

Capítulo 2

A JAKE le resultó difícil apartar la vista de
Laura para mirar a las otras dos personas que
estaba a punto de conocer. La madre era
más o menos como él esperaba que fuera la esposa
de Alex Costarella, una señora de su casa que se cuidaba tanto como cuidaba su hogar, pero al ver al
hijo se sorprendió. Llevaba el cabello largo y des-
peinado, barba incipiente y ropa de motero. Evidentemente, Eddie tampoco acataba la disciplina de su
padre.

Dos hijos rebeldes y una esposa sumisa.

¿Se suponía que debía domesticar a Laura? ¿Ayudarla a convertirse en el tipo de mujer que su padre
aprobaría, en lugar de permitir que siguiera su camino?

La miró de nuevo y sintió una fuerte tensión en
la entrepierna. Sin duda, era la mujer más deseable
que había conocido nunca, y resultaría peligroso jugar con ella, pero la idea de alejarla de su padre hacía que resultara todavía más tentadora. Era justo
que Costarella sintiera la pérdida de alguien que-
rido, además de perder la empresa que le daba poder para arruinar la vida de otras personas.

Jake se percató de cómo lo miraba Laura mientras el padre hacía las presentaciones.

—Alicia, mi esposa....

—Encantado de conocerte —dijo Jake con una sonrisa.

Ella sonrió también, pero contestó con una expresión extraña en la mirada.

—Bienvenido a nuestra casa.

—Y éste es mi hijo, Eddie, que evidentemente no se ha molestado en afeitarse esta mañana, ni siquiera por su madre.

Eddie ignoró la crítica y sonrió.

—No puedo afeitarme, papá. Rodamos mañana. Tengo que mantener el aspecto de mi personaje —se dirigió a Jake con una sonrisa.

—Supongo que eres el hijo que mi padre debería haber tenido, Jake. ¡Que te vaya bien, amigo!

Jake se rió y le estrechó la mano mientras negaba con la cabeza.

—No estoy seguro de eso, pero gracias por los buenos deseos, Eddie.

—De nada.

—Eddie es actor —Laura intervino con orgullo—. Hace de chico malo en la serie *The Wild and the Wonderful*.

Jake frunció el ceño.

—Lo siento, no conozco esa serie.

—Es una porquería —dijo el padre—. Un culebrón de la televisión.

—Porquería o no, me gusta actuar en ella —dijo Eddie—. Y a ti, Jake, ¿te gusta lo que haces?

–Es un reto continuo. Supongo que actuar también lo es –dijo él.

–La vida de ficción es absurda –dijo Costarella–. Jake y yo trabajamos en el mundo real, Eddie.

–Bueno, papá, hay mucha gente que quiere desconectar de la vida real y yo los ayudo a hacerlo –volvió a centrar al atención en el invitado–. ¿Tú cómo te relajas de la presión del mundo laboral, Jake?

Jake descubrió que le caía bien el hermano de Laura. Sabía defenderse y tenía personalidad.

–El ejercicio físico es mi vía de escape –contestó.

–Sí, he de decir que a mí el sexo también me relaja –contestó Eddie con picardía.

–¡Eddie! –exclamó la madre, escandalizada.

–Lo siento, mamá. Es culpa de Laura por haber dicho que Jake era sexy.

–¿Lo sabía? –preguntó Costarella con satisfacción.

–¡Eddie! –exclamó Laura–. Te dije que tuvieras cuidado con lo que dijeras.

Jake se volvió hacia Laura con curiosidad. Expresaba furia con la mirada y se le habían sonrojado las mejillas. Al mirarlo, alzó la barbilla en un gesto desafiante.

–No me mires como si nunca hubieras oído decir eso de ti, porque estoy segura de que no es cierto. Simplemente era un comentario, no una insinuación.

–¡Laura! –la madre protestó de nuevo.

–Lo siento, mamá –dijo Laura, levantando las manos a modo de disculpa–. Voy a traer el aperitivo. Enseguida te traigo el agua con hielo.

Jake no pudo evitar sonreír al verla marchar.

—He intentado criar a mis hijos con buenos modales —dijo Alicia tras un suspiro.

—No pasa nada —dijo su marido con animosidad.

—De hecho, me gusta entrenar en el gimnasio —dijo Jake, para que dejaran de pensar en el sexo.

—Eso está claro —dijo Eddie—. Esos músculos no salen de estar sentado en un despacho.

—Yo voy a clase de yoga —dijo Alicia, ansiosa por entablar una conversación no comprometedora, mientras gesticulaba para que se sentaran.

Jake no había imaginado que sentiría interés alguno por la familia de Costarella. Ni siquiera pensaba que fuera a caerle bien. De hecho, únicamente había pensado en Laura, a quien había imaginado como a una princesita mimada.

La dinámica familiar le resultaba intrigante y Jake se encontró dispuesto a explorarla más a fondo, observando, escuchando, reuniendo información.... Y quizá tratara de conseguir lo que deseaba con Laura Costarella, para satisfacer sus propios deseos en varios aspectos.

Laura maldijo a Eddie por ser tan provocador y a sí misma por reaccionar de esa manera. También a Jake Freedman, por hacer que sintiera cosas que le impedían mantener la compostura. El viaje a la cocina debería haberla calmado, pero seguía nerviosa incluso después de haber cargado la camarera con las bebidas y los aperitivos.

No podía esconderse de aquel hombre. Tenía que volver a enfrentarse a él. Esperaba que no tratara de regocijarse con su comentario porque, si no, se vería tentada a echarle la jarra de agua sobre la cabeza. Y sólo serviría para demostrar que había perdido el control. Era mejor ignorarlo con buenos modales. No podía olvidar que Jake Freedman era el invitado de su padre y que mantener cualquier otra relación con él no le aportaría nada bueno.

No en el plano emocional.

Por muy bueno que fuera en la cama.

Y también debía dejar de pensar en eso.

Laura respiró hondo varias veces y llevó la camarera hasta el patio. Se alivió al ver que los cuatro estaban hablando tranquilamente sobre técnicas de relajación: meditación, tai chi, masajes y tanques de flotación. Incluso su padre parecía de buen humor. Se fijó en que la única silla vacía que quedaba en la mesa redonda estaba entre Jake Freedman y su madre, así que no pudo evitar sentarse junto a él.

Dejó la bandeja sobre la mesa para que todos pudieran tomar lo que quisieran, le entregó a Eddie una cubitera que contenía una botella del vino blanco favorito de su madre, dejó una jarra de agua con hielo y un vaso delante de Jake y le sirvió un whisky con hielo a su padre y sirvió el vino antes de sentarse a la mesa.

—Siento haberme descargado contigo, Jake. Estaba molesta con Eddie. Y avergonzada.

—No tiene importancia, Laura. Estoy seguro de que Eddie oye decir eso sobre él tan a menudo, que

ya no le da ninguna importancia. Y dudo que él
pensara que yo fuera a dársela.

Su padre intervino con incredulidad.

–Si eso no tuviera importancia para Eddie, ya no
tendría trabajo. Únicamente es famoso porque las
adolescentes piensan que es sexy.

–¡Afortunado que soy, papá! –dijo Eddie–. Aunque me esfuerzo por que sea así.

–Algunas personas tienen esa suerte –dijo la madre, tratando de evitar un enfrentamiento–. Siempre
pensé que Sean Connery....

–Ya estamos otra vez con James Bond –dijo Eddie, sonriendo a Laura.

Ella le mostró los dientes a modo de advertencia.

Él se puso en pie para servir el vino y añadió:

–Mi madre sabe mucho de cine. Estoy seguro de
que nadie podría ganarla en un concurso. Y también
es una madre estupenda. Brindemos por ella –alzó
la copa–. ¡Feliz día, mamá!

Todos brindaron al unísono.

Jake Freedman empezó a hablar de cine con Alicia, prestándole mucha atención. Laura no pudo
evitar pensar que era un hombre muy agradable. Sin
duda, se estaba esforzando por ser un buen invitado.
Además, su madre estaba encantada y, por una vez,
su padre no estaba estropeándolo todo con sus comentarios irónicos.

De hecho, parecía contento con la situación.

En realidad, a Laura no le importaba el porqué.

Era bueno que no menospreciara a su madre como
solía hacer.

Ella se escapó un momento para terminar de preparar la comida, sintiéndose un poco más cómoda con la presencia de Jake Freedman. Había conseguido que el día transcurriera con más tranquilidad de lo esperado. Lo único negativo era el impacto sexual que tenía sobre ella.

Laura no había sido capaz de dejar de mirarlo, fijándose en la forma de sus orejas, en la longitud de sus pestañas, en la sensualidad de sus labios, en sus carismáticas sonrisas, en el vello oscuro que salpicaba sus fuertes antebrazos, en sus dedos elegantes, en cómo los pantalones vaqueros resaltaban sus fuertes músculos y en ¡sus pies grandes! ¿Eso no significaba que sus partes íntimas estarían muy bien dotadas?

A ella le resultaba difícil concentrarse en los preparativos. Tenía que meter las verduras en el horno, calentar la sopa, poner el recipiente con la salsa de menta en la mesa. Una vez más tendría que sentarse a su lado pero, por suerte, la mesa no era redonda y él no podría ver la expresión de su rostro a menos que se volviera hacia ella.

Hasta el momento no le había prestado especial atención y probablemente fuera mejor que siguieras así. Lo más probable era que estuviera saliendo con alguna mujer. Eddie tenía un montón de pretendientes y Laura suponía que a Jake Freedman le pasaría lo mismo. Que la considerara una más de entre la multitud no tenía ningún atractivo para Laura.

Aunque como era la hija del jefe, tendría que tratarla con respeto.

Algo que ella odiaría.

Lo mirara por donde lo mirara, tener una aventura con Jake Freedman no era algo bueno. Además, él no estaba dándole ninguna oportunidad, aunque quizá lo hiciera antes de que terminara el día. Como había dicho su madre, su visita debía de tener algún propósito. Si lo que deseaba era tener una relación con ella, Laura tenía que estar preparada para decir que no.

La sopa estaba suficientemente caliente como para servirla. Sintiéndose afortunada por emplear la cocina como distracción, Laura regresó al patio para avisar a los demás de que entraran a comer. Eddie acompañó a su madre hasta el comedor. Jake Freedman entró con su padre, y era evidente que se llevaban bien.

Otra advertencia.

En su día, su padre debió de ser encantador con su madre, ya que si no ella no se habría casado con él. Su verdadera personalidad no debió surgir hasta que ella estaba completamente dominada por él. Si Jake Freedman era el mismo tipo de persona, y creía que tenía derecho a mandar sobre la vida de otros, ella no quería nada con él.

Jake fue conociendo más aspectos de la familia Costarella durante la comida. Eddie había dejado el colegio y se había marchado de casa a los dieciséis años, consiguiendo un trabajo de ayudante en un estudio de televisión.

–Algún día te arrepentirás de no haber continuado con tus estudios –dijo el padre.

Él se encogió de hombros.

–La contabilidad nunca iba a ser lo mío, papa.

–No. Siempre estás en las nubes. Igualito que tu madre.

Su tono de disgusto hizo que Alicia se sonrojara. Ella era una mujer más frágil de lo que aparentaba, muy nerviosa y demasiado ansiosa por complacer. Jake recordó el comentario que había hecho Laura respecto a que su madre la necesitaba cuando salió en defensa de Alicia.

–Oh, creo que mamá tiene los pies en la tierra cuando se trata del jardín.

–Jardín... Cine... –dijo Costarella–. Alicia ha provocado que ambos os descarriarais con sus intereses. Yo tenía grandes esperanzas contigo, laura. Eras la mejor en matemáticas...

–Papá, yo tengo gran esperanza en mí misma. Siento que no pueda satisfacer a ambos –dijo ella, con una sonrisa tristona.

–La jardinería...

–La arquitectura de paisajes es algo más que eso, papá.

Costarella resopló.

–Al menos sabes cocinar. Eso es un punto a tu favor. ¿Te está gustando la comida, Jake?

–Mucho –contestó, y le dedicó una sonrisa a Laura–. Eres una gran cocinera. La sopa estaba deliciosa y nunca había probado un cordero con patatas asadas mejor.

Ella se rió.

–Son recetas de un programa de cocina de la televisión. Lo único que hace falta es seguir las instrucciones. Tú podrías hacerlo si quisieras. No es algo exclusivo de las mujeres. De hecho, la mayoría de los cocineros famosos son hombres. ¿Tú cocinas para ti?

–No. Generalmente como fuera de casa.

–Necesitas a una mujer que cocine para ti –dijo Costarella.

Era un comentario completamente sexista y Jake se fijó en que Laura expresaba rechazo con la mirada, antes de mirarlo a él con desdén por si pensaba lo mismo.

Él se volvió hacia Costarella e hizo un comentario arriesgado, sonriendo para quitarle hierro al asunto.

–Teniendo en cuenta que los mejores cocineros son hombres, quizá sea mejor un chico.

Eddie soltó una carcajada.

–¿Qué te parece tan divertido? –preguntó el padre.

–Es que muchos chicos del sector son gays y Jake no me parece que Jake lo sea –soltó.

Laura comenzó a reírse también.

–No lo soy –dijo Jake.

–Desde luego que no –aseguró Costarella.

–Sabemos que no lo eres –le aseguró Laura.

–Por supuesto –añadió Eddie–. Laura no te consideraría sexy si fueras gay.

–Eddie, compórtate –dijo Alicia.

–Imposible –murmuró el padre.

Laura se levantó de la mesa.

—Ahora que nos has avergonzado a los dos, Eddie, voy a por el postre. Y espero que sirva para sellarte la boca —sonrió a su madre—. Es lima-limón, mamá.

—¡Mi postre favorito! —sonrió Alicia—. Gracias, cariño.

Jake la observó marchar. Era arriesgado entablar una relación con ella, puesto que complicaría lo que se había propuesto desde hacía muchos años cuando por fin empezaba a ver el final. Ella podría convertirse en una verdadera distracción y, quizá no fuera buena idea, por muy tentadora que pareciera.

Además, tener una aventura con ella no era una opción. Se sentía verdaderamente atraído por la hija de Costarella. Y él esperaba que le hiciera una proposición.

—¿Cómo es que no celebras el día de la madre con la tuya, Jake? —preguntó Eddie.

—Lo haría si ella estuviera viva, Eddie —contestó un poco compungido.

—¡Oh, lo siento! Espero que la pérdida no sea muy reciente.

—No.

—Supongo que soy afortunado por tener la mía todavía —se inclinó para darle un beso a Alicia en la mejilla.

—Sí, puesto que siempre has sido un niño de mamá —contestó Costarella.

Había cierto temor en la mirada que Alicia le dedicó a su marido. Jake suponía que ella había sido

víctima de sus abusos durante tanto tiempo que se
sentía indefensa para hacer nada al respecto.

–Me he fijado en el centro de mesa tan artístico
que habéis puesto –dijo él, mirándola con una sonrisa para tranquilizarla.

–Sí –dijo ella con el rostro iluminado–. Lo he preparado esta mañana. Estoy muy orgullosa de mis
crisantemos.

–Y con razón, mamá –intervino Laura, guiando
el carrito del té hasta el comedor–. Son preciosos.

Sirvió la tarta de lima-limón y continuó alabando
a su madre por su labor de jardinería.

Jake la observó. Era preciosa. E inteligente. Y tan
sexy que la tentación lo invadió por dentro.

Cuando ella se sentó a su lado, él se volvió para
mirarla a los ojos.

–Me gustaría ver el jardín. ¿Me lo mostrarás cuando hayamos terminado de comer?

–Será mejor que te lo enseñe mi madre, Jake. Es
su creación.

–Te lo ha pedido a ti, Laura –intervino Costarella–. Además de que deberías satisfacer el deseo de
nuestro invitado, tu madre ya le ha mostrado a Eddie el jardín. No tiene por qué repetir la visita, ¿verdad, Alicia?

–No, no –convino ella–. Estaré encantada de que
lo hagas tú, Laura.

Era evidente que tendría que hacerlo quisiera o no.

–Me interesa verlo a través de tu mirada –dijo
Jake–. Así podrás contarme cómo encaja en tu con-
cepto de diseño de jardines.

–¡Está bien! Te llenaré de sabiduría –dijo ella.

Él se rió.

–Gracias. Lo disfrutaré.

El paseo por el jardín era todo un reto... La adrenalina que se agolpaba en su interior hacía que deseara luchar contra la desgana que mostraba Laura a la hora de estrechar la relación con él, sin embargo, esa misma desgana le facilitaba una escapatoria para el afán de emparejarlos que tenía Costarella... Pudiendo así continuar con su misión sin distracciones.

Tendría que tomar la decisión más tarde.

En el jardín.

Capítulo 3

LAURA decidió que llevaría a Jake al jardín, lo aburriría con su entusiasmo por el paisajismo y lo llevaría de nuevo junto a su padre, quien había comentado que tenía intención de ver un partido de fútbol que retransmitían por televisión.

Eddie la ayudó a retirar la mesa y la siguió hasta la cocina para hablar con ella en privado mientras cargaban el lavavajillas.

—Eres el objetivo principal, Laura. No me cabe ninguna duda —le advirtió—. Diría que papá quiere que Jake se convierta en su yerno.

—No va a suceder —soltó ella.

—Es un chico inteligente. Ha estado jugando a todas las bandas. Y me he fijado en ti y no eres inmune a él.

—Por eso era una estupidez que le dijeras lo que pensaba de él.

—De todos modos, es evidente. Créeme, un chico así sabe cuándo las mujeres piensan que es sexy. Estoy seguro de que lo han perseguido desde que era adolescente. Simplemente no le digas que sí.

—¿Y si quiero decirle que sí?

Eddie la miró asombrado.

—Es muy sexy —repitió ella, con tono desafiante.

Él puso una mueca.

—Entonces, asegúrate de que sólo se trata de sexo y no te enganches a él. La situación de mamá debería servirte de advertencia.

—Nunca seré como mamá.

Él negó con la cabeza.

—Ojalá se separara.

—Ella no quiere darse cuenta. Será mejor que eches una partida de *Scrabble* con ella mientras yo me encargo de Jake. Le gustará.

—Lo haré. Es mucho más divertido que lo tuyo.

Laura respiró hondo para tratar de relajarse.

—No quiero sentirme atraída por él, Eddie.

Él la miró muy serio.

—Ve a por ello si es lo que quieres, si no, siempre te quedará la duda. Tarde o temprano te decepcionará y considero que eres lo bastante fuerte como para separarte de él.

—Lo soy —dijo ella con seguridad.

—Pero estarías mejor sin meterte en ese lío.

—Lo sé. Quizá deje de gustarme en el jardín.

—Lo dudo.

—Te aseguro que no me derretiré a sus pies. Y deja que mamá te gane al *Scrabble*, pero que no sea muy evidente.

—No te preocupes —puso una pícara sonrisa—. ¡Vamos a librar una buena batalla!

Laura sonrió a su hermano.

—La parte de si era gay ha sido muy buena.

Él se rió y la agarró por los hombros mientras regresaban al comedor.

–Será mejor que saquemos el *Scrabble*, mamá. Puesto que la última vez me ganaste, quiero la revancha. Y que Dios me ayude si me atasco con las vocales otra vez.

–Os dejaré con vuestro juego –dijo el padre, levantándose de la silla y sonriendo a Jake Freedman–. Estoy seguro de que disfrutarás de la compañía de mi hija.

–Lo haré –convino él, poniéndose en pie y dispuesto a salir al jardín.

El arrepentimiento se apoderó de Laura. Jake Freedman estaba siguiendo el juego de su padre, pero ella no tenía por qué hacerlo. No era su invitado. Eran las tres de la tarde pasadas. La comida había salido bastante bien. La parte mas complicada del Día de la Madre había terminado. Y como su padre iba a ahorrarles su presencia, no podría descargar su ira con todos si ella no continuaba siendo educada con aquel hombre. Podría poner a Jake Freedman en un aprieto y, así, dejar de ser el blanco de sus bromas.

Laura le dedicó una sonrisa.

–Vamos.

Él la acompañó hasta el jardín y sacó un tema de conversación.

–Laura, ¿elegiste la carrera al ver cómo disfrutaba tu madre en el jardín?

–En parte sí. Aunque es probable que Nick tuviera más influencia sobre mí, tiene mucha creatividad para hacer que mi madre disfrute en el jardín.

—¿Quién es Nick?

—El jardinero que mi padre tiene contratado para mantenimiento. En realidad hace mucho más que el mantenimiento en sí.

—¿Como qué?

—Piensa en lo que le gustará a mi madre y lo hace. Como las lámparas solares que ha puesto alrededor del estanque. Te las enseñaré. Ven por aquí.

Jake la acompañó hasta allí.

—También hay una cascada —comentó él, al llegar al estanque.

—Sí. Su sonido es tranquilizador. La mayor parte de la gente disfruta sentándose junto a una cascada... O junto a las fuentes de los parques. Y también viendo los reflejos en el agua. Las luces que ha puesto alrededor se reflejan cuando es de noche.

—¿Tu madre viene hasta aquí de noche?

—A veces. Aunque también puede ver esta parte del jardín desde su dormitorio. Lo que es muy especial es la manera en que Nick ha iluminado las figuritas que hay en las rocas, junto a la cascada. Hay otra luz detrás de la planta que hay en la maceta, y les da un toque fantasmal. Es un efecto estupendo.

—Arquitectura de paisajes —dijo él, dedicándole una sonrisa tristona—. Nunca había pensado en ello pero ahora comprendo por qué debe de ser apreciada.

—Supongo que con la carrera que tú has elegido no has tenido tiempo de apreciar ese tipo de detalles —soltó ella.

—Es cierto. No lo he hecho —admitió él, como si no le importara.

–¿Y merece la pena?

Hubo un pequeño cambió en la expresión de su rostro y en el brillo de su mirada.

–Para mí, sí –contestó él con un tono tajante.

–¿Te gusta trabajar con mi padre?

–Tu padre forma parte de un sistema que me interesa.

Despersonalizar su pregunta era una jugada inteligente.

–El sistema –repitió ella–. No consigo imaginar cómo se puede obtener placer a partir de los casos de bancarrota.

–No, puede ser muy traumático –dijo él–. A mí me gustaría que no fuera tan a menudo –la miró fijamente con sus ojos marrones–. Ni siquiera los parques más bonitos del mundo llaman la atención de la gente que está en esa situación, Laura. Lo único que ven es cómo se destrozan sus vidas, cómo pierden el trabajo y cómo se arruinan los planes de futuro. Pueden terminar divorciándose, deprimiéndose o suicidándose, porque no ven la luz.

Ella se estremeció al oír esas palabras llenas de sentimientos. No esperaba algo así de aquel hombre. No encajaba con su ambición fría y calculadora. Y no sólo eso, sino que de algún modo había conseguido que su trabajo pareciera mucho más especial que el de ella.

–Sé que la gente que tiene problemas encuentra cierto consuelo en los entornos agradables –dijo ella con convicción. Su madre era un buen ejemplo de ello.

–No era mi intención menospreciar tu trabajo –se disculpó él–. No soy tu padre, Laura. Quizá ambos podamos esforzarnos en tener la mente más abierta a la hora de pensar sobre el otro.

–¿Para qué has venido hoy? –preguntó ella, directamente.

–Tu padre quería que te conociera y yo sentía suficiente curiosidad como para aceptar la invitación –contestó él.

Laura colocó las manos sobre sus caderas, y le preguntó:

–¿Y qué te parezco?

Jake puso una sonrisa sensual.

–Creo que eres muy sexy.

Laura sintió que una ola de calor la invadía por dentro.

–Eso no significa mucho para mí.

Él se rió y dio un paso adelante. La rodeó por la cintura y la atrajo hacia sí.

–He deseado hacer esto desde el momento en que te conocí, así que voy a hacerlo, y puedes darme una bofetada si quieres.

Laura tuvo unos segundos para apoyar la mano sobre sus hombros y empujarlo hacia atrás. Sin embargo, no hizo nada más que esperar a que él la besara para ver si sus besos eran mejores que los que le habían dado otros hombres. Él le sujetó el rostro con la mano y posó los labios sobre los de ella.

Una extraña euforia se apoderó de ella al estar entre los brazos de Jake. Movió las manos para acariciarle la nuca y sujetarle la cabeza. Le gustaba su forma, y su cabello corto y espeso.

Él introdujo la lengua en su boca y ella respondió de forma provocadora, saboreándolo, experimentando un impulso primitivo que la incitaba a hacerle perder el control. Era como si Jake estuviera probando si ella era lo bastante buena para él, si merecería la pena seguir viéndola después de ese día, y hubiera activado todo su encanto femenino para volverlo loco.

Jake la besó de forma apasionada y la abrazó, de forma que ella pudo sentir la evidencia de su deseo. Él estaba muy excitado. La sujetó por el trasero y la presionó contra su cuerpo, provocando que ella se excitara tanto que no le importó. El corazón le latía con fuerza, las piernas le temblaban, y sólo podía pensar en decirle que sí. Era algo más que deseo. Una necesidad que debía aliviar de forma urgente.

Fue él quien se separó para respirar. Ella tenía los pechos aplastados contra su torso y notaba cómo sus corazones latían al mismo ritmo.

—Te deseo, Laura, pero no puede ser aquí —susurró él.

Allí, en el jardín, a la vista de cualquier persona que pasara por allí. Era una locura. Y tampoco podía llevarlo dentro de la casa. Todo el mundo se enteraría. Se negaba a darle a su padre la satisfacción de pensar que su plan estaba funcionando. Y su madre se preocuparía. Eddie también. No podían hacerlo. Ni el momento ni el lugar era el adecuado.

Pero el hombre sí lo era. Y eso era confuso, porque no debería serlo.

—Tengo que sentarme —dijo ella, al darse cuenta de cómo estaba temblando—. Hay un banco de jardín...

—Lo veo.

Jake se giró y, sin dejar de abrazarla, la guió hasta allí. Laura tuvo que concentrarse para caminar. Él la ayudó a sentarse y se acomodó a su lado, apoyando los codos sobre las rodillas para recuperarse del intenso deseo que se había apoderado de ambos.

Laura inhaló el aroma de una planta de lavanda. Se suponía que era calmante. No podía olvidar que Jake Freedman trabajaba para su padre.

—Si crees que esto significa que puedes hacer conmigo lo que quieras, no es cierto —soltó ella—. La química que hay entre nosotros sólo es eso, química, y no voy a olvidarlo, así que no creas que te da algún poder sobre mí.

Él asintió y sonrió.

—Sin duda me has dado una buena bofetada.

No por el beso, sino por el posible motivo que se ocultaba detrás, ya que el beso la había afectado más de lo que ella quería admitir. Laura miró hacia la cascada para tratar de calmar la inquietud que aquel hombre había generado en ella.

—No ha sido una bofetada, Jake, sólo quería que supieras lo que siento al respecto. Es evidente que mi padre quiere que me líe contigo. A lo mejor quiere que te conviertas en su yerno. No voy a permitir que me utilices para ascender en tu carrera profesional.

Él no hizo ningún comentario.

Su silencio se prolongó tanto tiempo que ella comenzó a ponerse nerviosa.

–Lo siento si te he truncado tus esperanzas.

–Para nada –él se incorporó y apoyó los brazos en el respaldo del banco, totalmente relajado. Sonrió como si estuviera perfectamente de acuerdo con la decisión de Laura–. En estos momentos no estoy buscando una esposa, y tú no estás dispuesta a cumplir ese papel. Con eso aclarado, ¿te interesa algún aspecto de mí, Laura?

Su pregunta la puso de nuevo en un aprieto.

El brillo de la mirada de Jake indicaba que él sabía que ella estaba interesada en él, pero desearlo y poseerlo eran dos cosas diferentes. Como había dicho Eddie, era mejor que no se metiera en ese lío. Jake podía haberla mentido y en realidad pensar que conseguiría convencerla para que se convirtiera en su esposa. No conseguiría hacerlo, pero si entablaba una relación con Jake, él podría contarle a su padre que todo iba de maravilla entre ellos, y ella odiaría que lo hiciera.

Sin embargo, le resultaba doloroso recordar lo que había sentido entre sus brazos y pensar que no volvería a disfrutar de ello. Era un indicio peligroso que indicaba que él sí tenía poder sobre ella.

–Te deseo –dijo él–. Y no porque seas la hija de tu padre. Creo que la química que hay entre nosotros hace que eso se convierta en algo irrelevante. Te deseo porque no recuerdo haber deseado tanto a otra mujer.

Era lo mismo que ella sentía por él. Pero Jake podía habérselo dicho porque era lo que cualquier mujer desearía oír. Era un hombre muy sexy que jugaba a todas las bandas.

—¿Ésa es la pura verdad, Jake? —le preguntó con escepticismo.

—Muy a mi pesar, sí —dijo él.

—¿Muy a tu pesar? —preguntó ella asombrada.

Él la miró fijamente.

—No quiero desearte, Laura. No más de lo que tú quieres desearme a mí. Y una vez que lo hemos aclarado, ¿por qué no nos tomamos un tiempo para pensar en ello?

Él se levantó como para marcharse. Laura lo miró un instante.

—¿Tienes teléfono móvil? —preguntó él.

—Sí.

—Dame tu número. Te llamaré a finales de semana si sigo pensando en ti. Entonces, podrás decirme sí o no.

Sacó un teléfono móvil del bolsillo de su camisa y ella le dio su número de teléfono para que lo grabara.

—Gracias —dijo él, guardando el teléfono y dedicándole una irónica sonrisa—. Ya he visto suficiente del jardín. A lo mejor te apetece unirte a la partida de *Scrabble* con Eddie y con tu madre. Me despediré de ellos y de tu padre y me marcharé.

Laura se sintió aliviada. La decisión podría esperar. Sonrió y se levantó del banco.

—No me parecías un hombre que disfrutara con los jardines.

–Tendré que aprender disfrutar del aroma de las flores.

–Necesitas un jardín para eso. Las de invernadero no tienen mucho aroma.

Él arqueó una ceja y dijo:

–A lo mejor podemos intercambiar nuevas experiencias.

–A lo mejor.

No dijeron nada más.

Él la acompañó hasta el comedor y ella percibió que se distanciaban a cada paso. Era una sensación extraña que contrastaba con la intensa atracción física que habían experimentado.

Eddie y su madre se despidieron de él antes de que Alicia lo acompañara hasta el salón para que se despidiera de su padre.

–¿Y? –preguntó Eddie cuando se quedó a solas con Laura.

–Y nada –contestó ella–. Le he mostrado el jardín.

No podía hablar sobre lo que había sucedido entre Jake Freedman y ella. De algún modo, era algo demasiado personal.

Además, lo más probable era que no llegara a nada.

Y sería mejor así.

Probablemente.

Capítulo 4

ME DIJO que me llamaría a finales de semana», pensó Laura nada más despertarse el viernes por la mañana.

«Si todavía sigue pensando en mí», añadió mentalmente, medio deseando que no fuera así para no tener que tomar la decisión de si quería volver a verlo o no.

Le había resultado imposible quitárselo de la cabeza. No podía mirar a ningún hombre sin compararlo con Jake Freedman. Ninguno era como él. Ni siquiera parecido. Y además ya no podía concentrarse tanto en sus estudios. Era como si toda su vida se hubiera vuelto patas arriba mientras esperaba su llamada.

Algo realmente malo.

¿Qué había pasado con su fuerte sentido de independencia? Debería quedar por encima del pensamiento obsesivo que tenía sobre aquel hombre y dejarlo en un lugar de relativa importancia. A Laura no le gustaba no tener pleno control de su vida. Era como si un virus hubiera invadido su sistema y no pudiera deshacerse de él. Pero como todos los virus, terminaría por desaparecer.

Especialmente si Jake no la llamaba.

Sin embargo, si la llamaba...

Laura suspiró con fuerza y salió de la cama, incapaz de decidir qué debía hacer. ¿Se quedaría con la duda para siempre si no probaba a salir con él?

Era una pregunta sin respuesta pero no paraba de repetírsela y conseguía distraerla de sus estudios en la universidad. Por la tarde, había tomado la decisión de que sería mejor que Jake no la llamara para ni siquiera tener posibilidad de elegir. Se sentía tan abrumada que cuando se subió al ferry que la llevaría desde Circular Quay a Mosman, permaneció en la cubierta para sentir el aire fresco.

El ferry estaba en mitad del puerto cuando sonó su teléfono móvil. Su corazón se aceleró al instante. «Puede que no sea él», se dijo, y sacó el teléfono del bolso. Era probable que Jake no hubiese terminado de trabajar. Ni siquiera eran las cinco de la tarde y su padre no solía llegar antes de las siete a casa.

—Diga —contestó.

—Laura, soy Jake.

Al oír su voz, sintió un nudo en la garganta.

—¿Te gustaría salir a cenar conmigo mañana por la noche?

«¡A cenar!». La cabeza le daba vueltas. Ir o no ir...

—He pensado que podíamos probar Neil Perry's Spice Temple. Será una experiencia nueva para los dos si no has estado allí.

¡Neil Perry era uno de los mejores cocineros de Sídney! Sus restaurantes eran famosos por su maravillosa comida. A Laura le encantaría comer allí pero...

–No puedo permitírmelo.

–Yo invito. Tú hiciste una comida deliciosa el domingo.

Cierto. Estaba en deuda con ella.

–De acuerdo. Me encantará –dijo ella. Una cena en ese restaurante compensaba el hecho de tener que pasar la tarde con aquel hombre, al margen de lo mucho que pudiera inquietarla–. Te veré allí –añadió enseguida, porque no quería que su padre se enterara de que iba a quedar con Jake Freedman otra vez–. ¿A qué hora?

–¿A las siete te parece bien?

–Sí.

–¿Sabes la dirección?

–La buscaré.

–El restaurante está en el sótano. Baja directamente. Te esperaré dentro.

–Seré puntual. Gracias por la invitación,

Laura finalizó la llamada, contenta consigo misma por haber manejado la situación con bastante control. Aquella cita podía finalizar en el restaurante, si ella quería que fuera así. Eddie le permitiría pasar la noche en su apartamento de Paddington el sábado por la noche, por lo que podía evitar que Jake la llevara a casa.

El entusiasmo se apoderó de ella. Un entusiasmo lascivo y peligroso.

Un hombre sexy, una comida sexy... Era imposible no esperar la experiencia con impaciencia.

Jake se preparó para la reunión que se celebraba cada viernes en el despacho de Alex Costarella, sospechando que en la agenda del día sólo había un tema de verdadero interés. Y tenía razón. Después de conversar durante media hora sobre el trabajo de la semana, Costarella se acomodó en la silla y le preguntó:

—¿Vas a quedar con Laura este fin de semana?

—Sí. Vamos a cenar juntos mañana por la noche —contestó. No le gustaba aquel juego pero sabía que debía seguirlo para asegurarse el puesto en la empresa hasta que estuviera preparado para realizar su jugada maestra.

—¡Bien! ¡Bien!

Jake sonrió.

—Gracias por presentármela.

—Ha sido un placer. Laura necesita a un hombre que la meta en cintura y espero que seas tú quien lo haga, Jake.

La única manera en la que pensaba meterla en cintura era en la cama, si es que ella aceptaba.

—Tu hija es muy atractiva.

Era un comentario poco comprometido pero a Costarella le bastó para dejar pasar el tema.

—Disfruta del fin de semana —le dijo, y le dio permiso para marchar.

Jake había pensado mucho en Laura Costarella desde el sábado anterior. Ella se mostraba hostil hacia su padre y hacia sus deseos, y él esperaba que hubiera rechazado su invitación a cenar. Puesto que deseaba que la aceptara había decidido invitarla a uno de los restaurantes de Neil Perry, pensando que su afición por la cocina haría que le resultara una idea muy atractiva.

Una tentación...

Cuanto más fuerte era, más difícil de resistir.

Ella también lo deseaba. No cabía ninguna duda. Y si lo que quería era una aventura salvaje con él, Jake estaría dispuesto a complacerla. Satisfacer el deseo que ella le había generado era algo prioritario. Sin embargo, no había contado con la posibilidad de que ella le gustara de verdad y, desde luego, no quería empezar a preocuparse por ella.

Una compañera picante, comida picante y sexo picante.

Eso sería todo lo que tendría con la hija de su enemigo porque en cuanto presentara cargos contra el padre de Laura, y se asegurara de que aquel profesional de la bancarrota no podría destrozar otro negocio para asegurarse sus honorarios, no tendrían relación alguna.

«El deseo siempre termina al cabo de un tiempo», pensó para convencerse.

Entretanto, se había encendido una llama en su interior y confiaba en disfrutar de un ardor intenso al día siguiente.

Laura se detuvo frente a la puerta del Spice Temple. Se había puesto su ropa más sexy, una falda de seda color turquesa y un corpiño de seda negra con los zapatos de tacón, de los mismos colores, que su madre le había comprado por Navidad. Sin embargo, nada podía disipar la rabia que la invadía por dentro.

Jake Freedman merecía que lo dejaran plantado. El único motivo por el que había ido hasta allí era para probar la comida de Neil Perry y, en cuanto a su vestimenta, esperaba que Jake Freedman la deseara todavía más porque tendría que sobrevivir sin sexo aquella noche. Ella no iba a permitir que consiguiera algo con ella.

—¡Pásalo bien con Jake!

Laura rechinó los dientes al oír las palabras de su padre. Se había enterado de su cita con Jake. Quizá, incluso la habían tramado los dos juntos. En cualquier caso, la de aquella noche ya no era una cita privada y personal. Había otros motivos y Laura odiaba la idea de participar en las maquinaciones de aquellos hombres.

Decidida a centrarse en la comida y a hacerle el vacío a Jake Freedman, entró en el local y se dirigió al piso de abajo. El restaurante estaba decorado en color rojo. El aroma a incienso inundaba el ambiente y casi todas las mesas estaban ocupadas a pesar de que era temprano.

Jake estaba sentado en una mesa para dos. Se levantó de la silla al ver que la acompañaban hasta donde estaba él y se fijó en las partes más femeninas de su cuerpo antes de mirarla con deseo. Laura se estremeció al sentir el magnetismo que provocaba que se derritiera por dentro.

–Estás tremenda –dijo él, con una amplia sonrisa–. ¡Bonitos zapatos!

–Son buenos para pisotear hombres –contestó ella, tratando de parecer tranquila.

Él arqueó una ceja.

–¿Estás a punto de pisotear a alguien?

–Comeré primero –dijo ella.

–¡Buena idea! Hay que tener energía.

Él la miraba divertido.

Laura se sentó y agarró la carta que le entregó la camarera a la vez que se ofrecía a solucionarles cualquier duda.

–Dame unos minutos –dijo Laura–. Quiero salivar leyéndome cada plato antes de empezar a elegir.

–Te llamaremos cuando estemos listos –intervino Jake, con una encantadora sonrisa.

Laura se centró en la carta. Primero leyó la filosofía del Spice Temple. Describía cómo el restaurante preparaba platos únicos inspirados en la cocina asiática, con un contraste de sabores y texturas, destinados a deleitar todos los sentidos. Ella confiaba en que tanta intensidad consiguiera desplazar a Jake Freedman de su cabeza.

–¿Por qué quieres pisotearme?

Laura dejó la carta un instante y lo miró con curiosidad.

–¿Cuántos puntos has ganado diciéndole a mi padre que íbamos a quedar para cenar esta noche?

–¡Ah! –esbozó una sonrisa–. Yo no le di la información, Laura. Él me preguntó directamente si iba a verte este fin de semana. ¿Querías que mintiera al respecto?

—Apuesto que sabías que te lo preguntaría. Por eso me llamaste ayer, antes de salir del trabajo.

Jake ladeó la cabeza.

—Pensaba que estabas decidida a no permitir que tu padre gobernara tu vida.

—No lo hace.

—En este momento está influyendo sobre la actitud que tienes hacia mí.

—Porque tú se lo has dicho.

Él negó con la cabeza.

—Deberías tomar decisiones por ti misma, Laura, a pesar de lo que digan los demás. Ayer tomaste la tuya. ¿Por qué vas a permitir que él cambie lo que tú quieres? Lo has traído aquí contigo, en lugar de actuar por ti misma.

Ella frunció el ceño, percatándose de que había permitido que su padre arruinara todas sus expectativas de placer en relación con aquella cita. ¿Pero cómo podía estar emocionada por el hecho de que la utilizaran?

—¿Y tú? ¿Has venido por mí o por él? —preguntó ella, mirándolo a los ojos.

Él puso una sexy sonrisa.

—Te aseguro que mientras miraba cómo te acercabas a la mesa, no estaba pensando en tu padre.

Su comentario hizo que se sonrojara. Alzó la barbilla para desafiar al deseo que la invadía por dentro.

—He decidido mostrarte lo que no vas a conseguir.

–Decisiones, decisiones... –se mofó él–. ¿Podríamos dejar a tu padre al margen de ellas durante el resto de la velada? ¿Y disfrutar de lo que podamos disfrutar entre nosotros?

Era muy atractivo.

El hombre lo tenía todo, atractivo, inteligencia y la mirada más sexy del mundo. Sin embargo, Laura no conseguía olvidar el motivo por el que había quedado con ella. Por otro lado, ¿por qué no podía disfrutar de su compañía y evitar que su padre influyera en su relación con Jake? Después de todo, era ella la que tenía el poder de decidir hasta dónde quería llegar con aquel hombre.

Lo miró a modo de advertencia:

–Mientras quede entre nosotros, estaré dispuesta a adoptar una actitud más positiva hacia ti.

–Y yo estaré encantado de ser tu amante secreto –contestó él.

Laura sintió que le daba un vuelco el corazón.

–No he dicho nada de convertirnos en amantes.

–Trataba de asegurarte que los momentos íntimos permanecerán en privado –abrió la carta–. Disfrutemos de lo que nos ofrecen hoy. ¿Te has fijado en que los platos picantes están en color rojo?

Él era el plato más picante.

Laura trató de borrar la imagen que se había creado de él como amante y abrió la carta otra vez.

–Prefiero la comida especiada a la muy picante –dijo ella, mirando la lista de entradas.

–Muy bien, descartaremos los platos que están en rojo.

–No hace falta. Pide lo que te apetezca.

–Hay muchas cosas apetecibles, será mejor si podemos compartirlas ¿no crees? Así podremos probar la comida del otro y ampliar la experiencia.

Compartir los diferentes sabores... Laura sintió un nudo en el estómago. Sonaba a algo muy íntimo. Y, de pronto, ya no le importaba que hubiera otros motivos. Quería disfrutar de aquella experiencia con él.

–¡Una idea estupenda! –dijo ella, y sonrió.

–Estás increíblemente bella cuando sonríes –comentó él–. Espero que pueda hacerte sonreír durante toda la velada, sólo por el placer de mirarte.

Ella se rió.

–¡De ninguna manera! Voy a estar muy ocupada comiendo.

–Lo intentaré entre bocado y bocado.

–Babearé sobre la comida.

Él se rió.

–Hablando de eso, ¿qué entradas te apetece probar?

Laura leyó la lista sin dejar de sonreír. Había recuperado el entusiasmo de pasar la velada con Jake. Tenía razón acerca de que debía tomar decisiones por sí misma. Debía confiar en su instinto y hacer lo que consideraba correcto.

Capítulo 5

LA CAMARERA les aconsejó que pidieran un único plato principal y una guarnición de verduras para compartir, puesto que habían pedido dos entrantes diferentes. Las raciones eran grandes y seguramente prefirieran guardar sitio para el postre.

–Sin duda –convino Laura–. Tengo que probar el helado de sésamo con palomitas caramelizadas y chocolate.

–Y yo quiero el cóctel Dessert –dijo Jake–. Parece un postre delicioso.

Laura puso una amplia sonrisa.

–Pareces contenta –comentó Jake, mirándola de forma sensual.

–Me encanta la idea de probar un pedazo de tu postre –soltó ella, consciente de que también deseaba probarlo a él.

–¡Comida, gloriosa comida! –exclamó él.

–Todavía tenemos que decidir el plato principal que vamos a pedir –le recordó.

–Pediremos lo que habías elegido, el revuelto de cerdo, beicon, tofu, ajetes, ajos y aceite de chile, y yo pediré el plato de verduras.

–¿Y qué será?

–Un revuelto de bambú, guisantes y huevos de codorniz con ajo y jengibre.

–Acabaremos con olor a ajo.

–Intentaremos quitárnoslo con vino.

Jake pidió una botella de un vino blanco muy caro.

Cuando la camarera se marchó, Laura suspiró y se relajó en la silla, contenta de disfrutar del ambiente del restaurante y de la compañía del hombre con el que estaba.

–¿Qué tal te ha ido la semana? –preguntó ella.

Él puso una sonrisa sensual.

–Mucho mejor ahora que termina cenando contigo. ¿Y la tuya?

–Extraña.

Él arqueó una ceja.

–No conseguía sacarte de mi cabeza.

Él se rió.

–Me alegro de que el problema no fuera mío. La pregunta es si vas a alimentar tu imaginación o si vas a dejar que se extinga.

–Esta noche estoy dispuesta a alimentarla.

–Yo también.

Su mirada indicaba que él estaba dispuesto a devorarla y Laura no podía negar que también deseaba probarlo. Sin embargo, no estaba preparada para convertirse en su amante sin conocerlo apenas.

–Me refería aquí, en el restaurante, Jake. No te conozco, ¿no crees? –lo miró seriamente–. Es evidente que a mi padre le gustas mucho, lo que no es una gran recomendación. Creo que después de tu visita del domingo, puedes hacerte una idea bastante clara de cómo es mi vida, pero yo no sé nada de ti, aparte de que mencionaste que tu madre falleció. ¿Qué hay del resto de tu familia?

Él se encogió de hombros.

—Mis padres fallecieron cuando yo tenía dieciocho años. Era su único hijo. Desde entonces, he estado solo. Mi vida no tiene la complicación de tener que manejar relaciones familiares, Laura. Como vi que hacías el domingo.

—Tú vas a tu ritmo –dijo ella.

—Sí.

¿No has vivido nunca en pareja?

—No he conocido a nadie con quien me gustara pasar cada día.

Ella asintió. Sabía muy bien a qué se refería.

—La convivencia diaria es mucho pedir. Yo tampoco sé si quiero probarlo.

Él sonrió.

—Prefieres ser un espíritu libre.

—He visto a mi madre comprometerse demasiado –dijo ella.

—No todos los hombres son como tu padre, Laura –dijo seriamente–. Mis padres eran felices en su matrimonio. Yo crecí en un hogar lleno de amor. Ojalá todavía lo tuviera.

—Fuiste afortunado de tener lo que tenías, Jake, pero imagino que echar de menos la vida familiar hace que te sientas muy solo.

—Han pasado diez años, Laura. He aprendido a vivir estando solo.

Ella no pensaba lo mismo. Percibía su sentimiento de rabia ante la pérdida. La imagen de un
lobo solitario en busca de cierta satisfacción invadió
su cabeza.

¿Habría estado buscándola en la profesión que
había elegido? El negocio de la bancarrota se cen-
traba en la pérdida y él había hablado acerca del
trauma que generaba cuando ella le enseñó el jardín
la semana anterior. Laura se había sorprendido. La
idea de que Jake no era como su padre empezaba a
instalarse en su cabeza. Lo que convertía en más
aceptable el placer que podía compartir con él.

—El hombre autosuficiente —dijo sonriendo.

—Que no quiere estar solo esta noche.

Tenía una mirada lobuna que provocó que Laura
se excitara al imaginarse copulando con él bajo las
estrellas, en la cima de una montaña. Algo ridículo,
puesto que estaban en medio de una ciudad, pero el
animal femenino que se ocultaba en su interior estaba completamente excitado y dispuesto a explorar
todas las posibilidades con Jake Freedman.

La camarera regresó con la botella de vino y les
rellenó las copas. Jake levantó la suya para brindar.

—Por que nos conozcamos mejor.

Laura asintió.

—Brindo por ello.

Chocaron las copas y bebieron un sorbo de vino.

—Oí que le contabas a Eddie que entrenabas en el
gimnasio. ¿Vas a menudo?

—Después del trabajo. Es una buena manera de
relajarse.

«Todas las mujeres del lugar se fijarán en él», pensó Laura, preguntándose si también utilizaría el gimnasio para ligar. No podía imaginárselo sin tener una vida sexual muy activa. Y sospechaba que la mantendría completamente separada del trabajo.

–El domingo dijiste que no querías desearme, Jake –le recordó–. ¿Es porque el hecho de que sea la hija de tu jefe hace que afecte a tu carrera profesional?

–Creo que es una complicación que ambos preferimos no tener –se echó hacia delante y la miró fijamente a los ojos–. Cerremos ese tema. Hagamos únicamente lo que nos apetece hacer juntos, al margen de otros asuntos. ¿Eres lo suficientemente valiente como para recorrer ese camino conmigo, Laura? ¿Lo bastante fuerte como para hacer la elección tú misma?

Su manera de retarla provocó que se le acelerara el pulso. ¿Valiente? ¿Fuerte? Ella quería pensar que sí lo era, pero ¿sería cierto? Siempre había huido de las relaciones con implicación emocional, por miedo a cómo podrían afectarla. El par de relaciones sexuales que había tenido se habían debido más al deseo de conocer que al de tener una relación seria.

Jake Freedman provocaba en ella algo incontrolable. Ella deseaba explorarlo, pero no podía obviar la sensación de peligro que le generaba. Hasta el momento había ocupado gran parte de su mente. ¿Se olvidaría de él cuando terminara la pasión o terminaría perdiendo la independencia mental que necesitaba para sobrevivir?

No podía acabar como su madre.

—Me gusta hacer lo que me plazca, Jake —dijo ella—. No creo que me importe unirme a tu camino de vez en cuando, pero...

—Estupendo... Perfecto... Podemos dibujar un mapa y encontrarnos cuando nos convenga a los dos.

Ella se rió con nerviosismo. Él era tan tentador, y tan sexy, que no veía demasiado peligro en mantener una aventura intermitente con él.

La camarera llegó con los entrantes. Laura había escogido un plato de tofu frito con ensalada de cilantro picante y Jake un plato de cordero al estilo del norte con bollitos de hinojo. Ambos platos olían de maravilla.

—Los dividiremos por la mitad, ¿verdad? —dijo ella.

—Compartir era el trato —dijo él—. Adelante. Divídelos.

Jake la observó dividir las raciones con meticulosidad. Le gustaba todo sobre ella, especialmente su actitud decidida para llevar su propia vida. Además, eso hacía que él no se sintiera culpable por buscar lo que deseaba tener con ella. Laura no buscaba un amor para toda la vida. No creía en esa posibilidad.

Teniendo en cuenta lo que había visto en el matrimonio de sus padres, Jake comprendía por qué no quería relaciones serias. Alex Costarella había causado mucho daño a su familia, igual que a muchas otras. Había privado a Jake de sus padres, pero a diferencia de ellos, Laura estaba viva y coleando. Ella sobreviviría. Una relación intermitente con él no debería significar problemas para ninguno de ellos.

–Deberíamos empezar por los bollitos y terminar con la ensalada –dijo ella con tono autoritario.

–Sí, señorita.

Laura soltó una carcajada.

–No pretendía parecer mandona.

Él sonrió.

–No me importa seguir los consejos de una gran conocedora de la comida. Es más, me gustaría que ampliaras mi conocimiento sobre las delicias gourmet.

–Estás bromeando conmigo. Creo que será mejor que me calle y me ponga a comer.

–Disfruta.

Era un placer observar cómo apreciaba los diferentes sabores.

–Por favor, siéntete libre para comentar –dijo él–. No estaba bromeando, Laura. Quiero que compartas conmigo tu opinión sobre estos platos.

–Dime lo que tú piensas –contestó ella.

Él obedeció y ella respondió encantada.

La comida era un placer, no sólo por la gran variedad de sabores, sino por el entusiasmo que mostraba Laura. Su manera de lamerse los labios, la expresión de sus ojos, la manera en que se movían sus pechos cuando suspiraba con satisfacción, las sonrisas con las que provocaba que él deseara devorarla... Jake ansiaba llevársela a la cama y saborear todo su cuerpo.

No recordaba cuándo había disfrutado tanto de una velada con una mujer. Le resultaba imposible hacerse a la idea de que terminara allí. Tenía que convencerla para quisiera lo que él quería. Y no sólo esa noche. Sabía que una sola noche no sería suficiente.

—Ha sido fantástico, Jake —dijo ella cuando terminaron el postre—. Muchas gracias por ofrecerme esta experiencia —dijo Laura, con brillo en la mirada—. Sin duda, ha sido mucho más que mi comida del domingo.

—Aparte de los de Neil Perry, ¿a qué otros restaurantes de cocineros famosos te gustaría ir? —preguntó, decidido a tentarla con su compañía otra vez.

Ella negó con la cabeza.

—No puedo permitirme ir a esos restaurantes, pero espero poder hacerlo algún día. Entretanto, se me cae la baba sobre sus libros de cocina.

—Yo puedo permitírmelos, Laura, pero no quiero ir solo. Y tampoco sé tanto de comida como tú. Estoy dispuesto a pagar para que seas mi acompañante y compartas tu sabiduría y el placer de la buena cocina conmigo. ¿Te parece bien?

Ella dudó un instante y frunció el ceño.

—Una aventura en el mundo de la cocina refinada —insistió él.

—Y tú pagando la cuenta —dijo ella.

—¿Y por qué no? Ha sido idea mía.

—Es como si estuvieras comprándome, Jake.

Él negó con la cabeza.

—En todo caso, compraría tu sabiduría. Para ampliar la mía. Dime que sí, Laura. Será divertido. Igual que lo ha sido esta noche.

Eso era innegable.

—Tienes razón —dijo ella, suspirando a modo de rendición—. No es divertido hacerlo solo. Siento no poder pagar mi parte, pero simplemente no gano bastante dinero con un trabajo a media jornada.

—No te preocupes por eso. Lo consideraré como una inversión para ampliar mis conocimientos sobre la vida. Podrías llevarme una rosa de jardín a nuestro próximo restaurante. Tienes razón acerca de que las de los invernaderos que venden por la calle no tienen olor.

Ella se rió.

—¿Has ido a probar si olían?

—Sí.

—Bueno, entonces, hay esperanza contigo.

—Esperanza, ¿para qué?

—Para que aprendas a ser consciente de los bonitos regalos que nos ofrece la naturaleza.

—Soy plenamente consciente del que tengo justo enfrente de mí —estiró el brazo y le agarró la mano para acariciarle la palma con el dedo pulgar—. Pasa la noche conmigo, Laura. He reservado una habitación en el hotel Intercontinental. Está muy cerca de aquí. Disfrutemos de lo que el domingo no pudimos terminar.

Era directo.

Era sincero.

Y no prometía nada más de lo que decía.

Tenía que ser de esa manera, o no sería.

A pesar de lo mucho que ella le gustaba, seguía siendo la hija de Alex Costarella y eso los separaría cuando llegara el momento de la represalia. Jake llevaba diez años esforzándose para conseguirlo. Tuviera lo que tuviera con Laura, sólo podía ser una aventura.

Capítulo 6

UNA OLA de diferentes emociones invadió el corazón de Laura. La respuesta de su cuerpo ante la propuesta de Jake fue instantánea: su estómago se encogió anticipando el placer que él le proporcionaría, sus muslos se tensaron para contener la excitación de su entrepierna y sus senos se pusieron erectos deseando que los acariciaran, con la misma suavidad con la que él acariciaba su mano.

La respuesta más fácil era un sí.

Ella deseaba irse con él, deseaba conocerlo mejor, pero el deseo era tan intenso que la asustaba. Aquello no sólo era curiosidad. Ni tampoco un experimento que pudiera controlar.

Y tenía que tener en cuenta otros aspectos.

Se suponía que iba a pasar la noche en casa de Eddie. Su hermano se preocuparía si no aparecía, así que tendría que avisarlo. Un mensaje de texto bastaría. Sin duda, Eddie le repetiría lo que ya le había dicho antes: *Asegúrate de que sólo se trata de sexo y de que no te enganchas a él.*

Un buen consejo. Pero Laura tenía la sensación de que ya se había enganchado. Aunque si Jake llegaba a exigirle demasiado, ella tendría la fortaleza necesaria para separarse. De momento, le ofrecía cenas maravillosas y, probablemente, una relación sexual estupenda. Ella debería ser capaz de aceptar ambas cosas y disfrutar de ellas sin problema.

–¿Qué reservas tienes al respecto, Laura?

El orgullo no le permitía admitir que tenía miedo del poder que tenía sobre ella. De pronto, le parecía tremendamente importante parecer fuerte y valiente, no sólo por él, sino también por ella. Forzó una sonrisa.

–Ninguna. Estaba pensando que no quiero quedarme con la duda, así que ¿por qué no?

Él se relajó y soltó una carcajada.

–Eres una mujer impresionante.

Laura arqueó las cejas con sorpresa.

–¿Por qué?

Él sonrió.

–Antes de conocerte esperaba encontrarme a una princesita o a una mujer calculadora, acostumbrada a conseguir lo que quiere. Fue una sorpresa descubrir que no eres ninguna de las dos cosas. Pero eres muy bella, Laura, y las mujeres bellas tienden a emplear ese poder para ver hasta dónde puede llegar un hombre por conseguirlas.

–No me gustan los juegos de poder –dijo ella, que odiaba cualquier tipo de manipulación.

–No. Eres muy directa diciendo lo que piensas –levantó la copa para brindar–. Por que siempre lo seas.

Ella ladeó la cabeza y lo miró pensativa.

–¿Tratabas de engatusarme con lo de la comida?
Él negó con la cabeza.

–Quiero algo más que una aventura de una noche contigo. Estoy seguro de que disfrutaré de nuestra aventura culinaria.

–Yo también.

–Entonces, estamos de acuerdo respecto a dónde nos encontraremos.

Ella se rió y dijo:

–¿Me disculpas un momento? –dijo ella, poniéndose en pie–. Tengo que ir al lavabo y llamar a mi hermano.

–¿A tu hermano? –preguntó él, frunciendo el ceño.

–Le había dicho que pasaría la noche en su apartamento. No quiero que Eddie se preocupe por mí.

–¡Ah! ¡Por supuesto! No querías que tu padre se enterara. Yo no le contaré nada, Laura –le aseguró.

Ella se detuvo un instante y lo miró fijamente.

–Si no lo cumples, Jake, no volveré a verte.

–Comprendido.

«Una aventura secreta», pensó Laura mientras se dirigía al lavabo. De algún modo era algo menos amenazante que una relación de la que se suponía tendría que hablar. Eddie tendría que enterarse, pero ella sabía que podía confiar en él.

Sin embargo, en cuanto le envió el mensaje de texto, sonó su teléfono. Laura suspiró y contestó, consciente de que Eddie iba a mostrarle su preocupación.

–Dijiste que no te ibas a derretir a sus pies –comentó con desaprobación.

–Estoy en pie y he escogido el camino que quiero. Igual que tú, Eddie –le recordó.

–Eres más joven que yo, Laura. Y no has vivido tanto. Te lo advierto, ese chico sabe jugar a todas las bandas. Deberías estar un poco más en guardia.

Laura sabía que su hermano trataba de sobreprotegerla por la relación que Jake tenía con su padre, pero ella ya se había ocupado de ese tema. Y hasta que no volviera a salir, estaba decidida a ignorarlo y a disfrutar del placer.

–Esto es lo que quiero, Eddie. ¿Está bien?

Eddie permaneció unos segundos en silencio y ella lo imaginó apretando los dientes tras oír sus palabras.

–Está bien –dijo con resignación–. ¿Te veré mañana?

–Si estás en el apartamento cuando vaya a recoger las cosas que he dejado allí, sí.

–Estaré. Espero que esto no sea un gran error, Laura.

–Yo también. Hasta mañana.

Laura se miró en el espejo mientras se retocaba con el pintalabios. Le brillaban los ojos. ¿Por la emoción? Al día siguiente sabría si se había equivocado en su decisión. Eso era mejor que quedarse con la duda.

Jake se puso en pie cuando la vio acercarse de nuevo a la mesa.

–¿Estás preparada para marchar? –le preguntó cuando llegó.

–Sí. ¿Has pagado?

Él asintió.

—Y he dejado propina. El servicio ha sido estupendo.

—Desde luego. No hemos tenido que esperar demasiado para nada.

Él sonrió y la agarró del brazo para atraerla hacia sí.

—Me alegra que no te guste esperar —le susurró al oído.

Laura se estremeció al sentir su cálida respiración. Mientras se dirigían a la salida, respiró hondo para calmarse.

—Me atrevería a decir que nunca te hacen esperar mucho, Jake —dijo ella.

—Te equivocas —la miró con ironía—. Hay cosas para las que he esperado durante años.

—¿Como qué?

—Metas personales, Laura. Supongo que estarás impaciente por iniciar tu carrera profesional, pero tendrás que esperar a tener el título.

—Sería estupendo que consiguiera arrancar por mí misma —convino ella, preguntándose cuáles serían las metas personales de Jake y por qué le provocaban un sentimiento tan intenso. «Un hombre peligroso», pensó ella.

—Estoy seguro de que encontrarás la vida laboral muy gratificante, cuidando del entorno como haces —comento él.

Laura decidió no seguir investigando. Más tarde, durante la noche, cuando bajara la guardia y estuviera más relajado quizá le contara más cosas sobre sí mismo. Podría esperar. O quizá sus metas tuvieran relación con su padre. Y en ese caso, Laura prefería no saberlas. No esa noche. Esa noche quería explorar otras cosas completamente diferentes y no quería que nada la estropeara.

Cuando salieron a la calle, ella agarró el brazo de Jake y sintió sus poderosos músculos. Al instante, una imagen de Jake desnudo invadió su cabeza.

—El hotel está a tres manzanas de aquí —dijo él con una sonrisa—. ¿Podrás caminar tanto con esos zapatos tan eróticos o quieres que llamemos a un taxi?

Ella se rió.

—Puedo caminar, siempre y cuando vayamos dando un paseo y no a marcha forzada.

—Nunca te forzaría a nada, Laura. Esto es elección propia —dijo él muy serio.

Era agradable oír que ella no corría ningún riesgo físico con él. Curiosamente, no se le había ocurrido que pudiera estarlo. Sólo se había preocupado del riesgo emocional.

Ningún hombre la había afectado tanto como Jake.

—¿Y por qué has elegido un hotel? —preguntó mientras caminaban—. ¿No podíamos haber ido a tu casa?

—Mi casa apenas está habitable. Es un ático y estoy en plena reforma. Hay cosas por todos sitios. Espero que cuando lo termine quede precioso, pero para eso falta mucho. Sólo tengo tiempo para trabajar en él los fines de semana.

—¿Estás haciendo tú la reforma?

–No toda. Sólo la carpintería. Mi padre me enseñó el oficio y disfruto mucho haciéndolo.

–¿Tu padre era carpintero?

–No, era ingeniero, pero le encantaba trabajar la madera. Era una afición que compartió conmigo durante mi infancia.

Su tono afectado indicaba que había tenido una relación muy especial con su padre mientras que Eddie sólo había conocido la crítica y la desaprobación por parte de su padre y ella había aprendido a evitar el tipo de contacto que inevitablemente llevaba al enfrentamiento. Habían tenido unas vidas tan diferentes...

Era probable que Jake consiguiera mantener vivo el lazo que había tenido con su padre a través de la carpintería, aunque el domingo anterior también había contado que le gustaba relajarse haciendo algo físico. Ir al gimnasio no era su única manera de relajarse, y a Laura le gustaba la idea de que también hiciera algo creativo.

Jake trabajaba para su padre, pero era evidente que no era como él.

Ella se lo contaría a Eddie al día siguiente.

Entretanto, no pudo resistirse y acarició la mano de Jake.

–No tienes la piel áspera –comentó ella.

–Llevo guantes para hacer el trabajo duro. Tú también deberías hacerlo –le sujetó la mano y se la acarició–. No tienes ni un callo.

–Mi madre me enseñó que las mujeres siempre deben proteger sus manos.

Él se detuvo un instante y le acarició la mejilla. Después, la agarró por la cintura e inclinó la cabeza para besarla. No importaba que estuvieran en una calle del centro de la ciudad rodeados de gente. Laura sintió que el deseo se apoderaba de ella al sentir los labios de Jake sobre los suyos y se estremeció al experimentar una intensa ola de sentimientos que nunca había experimentado antes.

Aquel beso no era un simple beso. Era una total invasión que escapaba de su control y provocaba que ella ardiera de deseo por aquel hombre. Laura estaba consumida por su manera de reaccionar ante él, y su respuesta era demasiado poderosa como para poder racionalizarla.

Lo deseaba.

Más de lo que jamás había deseado nada.

Jake se retiró para cortar el beso, apoyó la cabeza de Laura sobre su hombro y le acarició la espalda.

—No debería haberlo hecho, pero llevaba toda la tarde deseándolo —murmuró—. ¿Estás bien para seguir caminando, Laura?

—Sí —suspiró ella, para tratar de aliviar la tensión que invadía su pecho—, siempre y cuando sigas agarrado a mí.

Él soltó una carcajada muy sexy.

—El problema va a ser tener que soltarte, no seguir agarrado a ti.

—No pensemos en problemas ahora —dijo ella, alzando la cabeza para mirarlo con deseo—. Sólo quiero pensar en lo que podemos tener juntos.

—Yo también —contestó él, acariciándole la me-

jilla como si fuera algo muy preciado–. Ya no queda
mucho para el hotel.

–De acuerdo. Dame tu brazo.

Él la abrazó contra su cuerpo. Laura sintió que
el temblor de sus piernas disminuía a medida que se-
guían caminando en silencio. Se movían envueltos
en una bruma de deseo mutuo, impacientes por satisfacerlo.

Una vez en el hotel, se dirigieron a la recepción
donde Jake pidió la llave de la habitación. Cuando
se dirigían al ascensor, él murmuró:

–He reservado una habitación con vistas al jardín
botánico. Pensé que te gustaría disfrutar de las vistas durante el desayuno.

Laura se llenó de felicidad. Él había pensado en
ella y había planificado cómo darle placer. Aquello
no sólo se trataba de sexo. Iban a compartir algo
más. Mucho más. Había tomado la decisión co-
rrecta. No le importaba hasta dónde podían llegar
ni cuándo terminaría aquello. Él era el hombre con
el que ella deseaba estar.

Capítulo 7

CUANDO Jake abrió la puerta de la habitación se encendieron las luces. Era un lugar elegante y acogedor, pero sobre todo ofrecía un espacio privado completamente separado de sus vidas habituales.

Tenía que ser de esa manera.

Era una lástima que sintiera un deseo incontrolable por la hija de Alex Costarella. Tendría que mantener los límites de aquella relación bien establecidos. No podía permitir que ocupara gran parte de su vida. Pero esa noche podría satisfacer el deseo que lo invadía por dentro y, por suerte, ella estaba dispuesta a hacer lo mismo.

Laura entró antes que él y se acercó al ventanal que había al fondo de la habitación. Él observó el movimiento provocativo de sus caderas y al sentir una fuerte tensión en la entrepierna comenzó a desabrocharse la camisa con impaciencia. Ella dejó el bolso al pasar junto a una mesa. Jake dejó la camisa en la silla, se quitó los zapatos y se fijó en los zapatos de tacón color turquesa y en sus bonitas piernas. La idea de sentirlas alrededor del cuerpo le provocó una erección.

–Hay muchas luces en la ciudad, pero está demasiado oscuro para ver el jardín botánico –comentó ella.

–Por la mañana no estará oscuro –comentó él, desabrochándose el pantalón.

Ella lo miró por encima del hombro.

–Creo que esta vista me gusta más –dijo ella, fijando su interés en su torso desnudo–. Me preguntaba qué aspecto tendrías desnudo.

Él se rió, encantado con la sinceridad de sus palabras. Se quitó el resto de la ropa y la dejó sobre la silla, junto con la camisa.

–Espero que no te haya decepcionado –dijo con una sonrisa.

–Ni una pizca –contestó ella, mirándolo de arriba abajo.

Ella levantó el brazo y se retiró la melena del cuello para poder desabrochar la cremallera del top.

–Déjame –dijo Jake, descubriendo que su nuca era tremendamente erótica y deseando desnudarla del todo.

Se acercó a ella y le desabrochó el top, dejando al descubierto la suave piel de su espalda. La curvatura de su columna era demasiado tentadora y él no pudo evita acariciarla. Al sentir el calor de su piel, ella se estremeció y él sonrió, consciente de que estaba tan excitada como él.

Jake le desabrochó la falda y permitió que cayera al suelo. La imagen de un tanga negro y sexy rodeando su cintura y su trasero, provocó que se le cortara la respiración. Tuvo que contenerse para no abrazarla y acoplar su cuerpo contra el de ella.

Primero prefería quitarle el resto de la ropa. Metió los pulgares bajo la goma del tanga, deslizó la prenda sobre sus nalgas y recorrió sus largas piernas hasta que se enganchó con el broche de sus eróticos zapatos. No podía dejárselos puestos. Podían hacerse daño con los tacones cuando se dejaran llevar por la pasión.

—Siéntate, Laura. Me resultará más fácil quitarte los zapatos.

Él seguía en cuclillas, preparado para liberarle los pies, cuando ella se giró y se sentó junto al ventanal.

El hecho de que sus preciosos senos quedaran a la altura de sus ojos fue una tremenda distracción. Sus aureolas rosadas y sus pezones erectos, una tremenda tentación. Él la miró durante unos instantes antes de poder mirarla a la cara para ver si se estaba insinuando.

Sus ojos azules parecían más oscuros que antes. Ella deseaba que se volviera loco por ella. Y Jake tuvo que acordarse de quién era y de que debía tener mucho cuidado para no quedarse atrapado en la trampa de aquella mujer.

Se concentró en los zapatos y comenzó a desabrochárselos. En pocos momentos podría disfrutar de ella durante toda la noche, pero por la mañana tendría que separarse de ella y mantener una distancia emocional hasta la próxima vez que estuvieran juntos.

Zapatos fuera.

Ambos estaban completamente desnudos, al fin.

Jake estaba a cargo de aquel encuentro. La había llevado a su cueva y controlaría todo lo que sucedería entre ellos. La agarró por la cintura y la levantó en brazos para llevarla directamente a la cama, tumbándose a su lado y colocando su pierna sobre su cuerpo, de forma que la tenía atrapada para poder acariciarle el resto del cuerpo a voluntad.

—Bésame de nuevo —le ordenó ella.

—Lo haré —prometió él, pero no la besaría en la boca.

Sus pezones rosados estaban turgentes, algo que indicaba su excitación. Pero Jake deseaba que estuviera más excitada que él. Inclinó la cabeza y jugueteó con la lengua sobre ellos. Laura le sujetó la cabeza e introdujo los dedos en su cabello, arqueando el cuerpo, pidiéndole que la poseyera.

Él la besó en el vientre y se deslizó hasta su entrepierna, percibiendo el aroma de su deseo mientras acercaba la boca hasta su sexo para acariciarle la parte más íntima de su ser y provocar que ardiera de excitación. Ella comenzó a moverse al ritmo de sus caricias y gimió al sentir que una inmensa tensión se apoderaba de ella. Lo agarró por los hombros y tiró de él para que se colocara sobre su cuerpo.

Él estaba dispuesto a complacerla. Ella lo rodeó con las piernas y comenzó a mover las caderas. Él introdujo su miembro en el húmedo interior del cuerpo de Laura al mismo tiempo que devoraba sus labios, deseando una total posesión de su cuerpo.

Laura recibió el ataque de sus besos con un con- traataque, una fusión de calor que convirtió la agre- sión en una explosión de sensaciones y provocó que él perdiera el control por completo. Ella gimió con cada penetración, agarrándolo fuerte con las piernas durante las más intensas y moviendo las caderas al- rededor de su miembro, mientras él se retiraba para introducirse de nuevo en su cuerpo, ansioso por es- cuchar de nuevo sus gemidos de placer y embria- gado por la idea de llevarla al clímax.

Era como si se encaminaran hacia el ojo de un huracán y dependieran uno del otro hasta que pa- sara, pudiendo por fin permanecer en un lugar donde recuperar la tranquilidad. Jake no sabía cuánto tiempo tardarían... Minutos, o quizá, horas.

Fue un viaje fantástico que finalizó cuando am- bos alcanzaron el orgasmo, permaneciendo abraza- dos hasta recuperar la calma.

Jake inhaló el aroma de su cabello y le acarició la mejilla. Notaba cómo se movían los senos de Laura con cada respiración y la suavidad de sus piernas entre las suyas. De pronto, experimentó la necesidad de averiguar por qué aquella relación se- xual había sido tan intensa. Anteriormente, nunca había sentido la necesidad de poseer a una mujer de esa manera. Había tenido aventuras placenteras y relajantes, pero sin tanta intensidad. ¿Cómo podía ser que hubiera tanta química entre Laura Costarella y él?

Sin duda, ella era la mujer más bella con la que se había acostado. ¿Eso había provocado que se excitara más? De alguna manera, no podía creer que eso influyera tanto. Además, no paraba de acordarse de que ella era la hija de Alex Costarella. ¿Influiría también el deseo de venganza que había dominado su vida durante los últimos diez años? ¿O lo que marcaba la diferencia era el hecho de que ella debía estarle prohibida?

Era imposible descubrirlo. Lo único que sabía era que no podía permitir que aquella aventura se convirtiera en una relación seria. Tendría que disfrutar de lo que ella le ofrecía, compañía durante cenas exquisitas y el intenso placer que compartirían después, en la cama.

Después de llegar a esa conclusión, Jake trató de no pensar más en ello e intentó que aquella velada fuera magnífica para los dos.

–¿Te encuentras bien? –preguntó Jake, intrigado por lo que ella estaría pensando y por si se sentía satisfecha con su decisión de dejar al margen sus reservas acerca de él.

–Mmm, muy bien.

Había una sonrisa en su voz.

Jake no necesitaba saber nada más.

Ella comenzó a acariciarle el cuerpo despacio y de manera erótica, provocando que él anhelara acariciarla también, recorriendo cada curva de su cuerpo y disfrutando de su feminidad. Empezaron a besarse mientras continuaban explorándose, despertando el deseo de fusionarse otra vez.

Fue maravilloso. Aunque de manera menos desenfrenada consiguieron el abandono mutuo y un inmenso placer que, poco a poco, fue calmándose y desembocando en un sueño tranquilo.

Laura despertó con la luz de la mañana. La noche anterior se habían olvidado de cerrar las cortinas, demasiado centrados en la pasión que compartían como para pensar en cualquier otra cosa. Ella se giró para mirar al hombre que la había llevado a la cima del placer, un lugar que nunca había imaginado que llegaría a conocer.

Jake seguía dormido. A pesar de que tenía los ojos cerrados estaba muy atractivo y su cuerpo... Ella suspiró pensando en lo perfecto que era. ¡Y en la noche maravillosa que había pasado con él! ¡Estaba segura de que no iba a arrepentirse! Pasara lo que pasara después, había sido una experiencia que no olvidaría jamás.

Con cuidado para no despertarlo, salió de la cama y se dirigió al baño. Quería acicalarse para tener buen aspecto cuando él despertara. Agarró el bolso al pasar junto al escritorio, contenta de haber metido un cepillo y un pintalabios.

Se dio una ducha y se puso un albornoz de los que el hotel ponía a disposición de los clientes. Regresó a la habitación y vio que Jake seguía dormido. Se sentó junto a la ventana y se abrazó las rodillas, tratando de contener los maravillosos sentimientos que había generado durante la noche.

No sólo había sido el sexo, aunque había sido algo increíblemente asombroso. Había descubierto lo maravillosas que podían ser las cosas con el hombre adecuado y eso hacía que se planteara si se equivocaba al no querer una relación seria con Jake. Hasta el momento, le había gustado todo lo que había conocido de él y, por supuesto, deseaba conocerlo mejor. Quizá pudieran tener algo especial.

Las vistas del jardín botánico llamaron su atención. Pasear por ellos sería una manera agradable de continuar el día. También le gustaría ver la casa que él estaba reformando. El tipo de casa en el que uno elegía vivir decía mucho de la persona. Compartir la vida privada de Jake Freedman era una idea emocionante y Laura estaba soñando con ello cuando la voz de Jake hizo que volviera a la realidad.

–¿Te parece mejor la vista esta mañana?

Ella se rió.

–¡Es maravillosa! Hace un sol espléndido y un día precioso.

Él sonrió y se bajó de la cama.

–Pues vamos a comenzarlo. Llama al servicio de habitaciones y pide desayuno para dos mientras yo me acicalo en el baño.

–¿Qué te apetece tomar?

–Tú eliges. Confío plenamente en ti –se volvió sonriendo y se dirigió al baño.

Ella llamó al servicio de habitaciones para pedir el desayuno, confiando en que a Jake le gustara lo que había elegido.

Él salió del baño en albornoz y miró el reloj.

–Son las ocho. ¿Cuánto tardarán en servirnos el desayuno?

–Unos veinte minutos más.

–El tiempo justo para darnos un beso mañanero. Y nada de quitarnos la ropa.

–Tenemos todo el día por delante –dijo ella mientras él la abrazaba.

Él frunció el ceño.

–No. No lo tenemos. Tengo cosas que hacer en la casa antes de que mañana vaya el fontanero.

–¿Puedo ayudarte? –preguntó ella, deseando pasar más rato con él.

Jake negó con la cabeza.

–Serías una gran distracción, Laura. Seré más eficiente si estoy solo.

La besó en los labios, pero no sirvió para calmar la decepción que sentía por el hecho de que él hubiera rechazado su oferta. Separó los labios y lo besó también. Le había dado una noche maravillosa y compartirían más en el futuro. No era necesario que ese día le pidiera más.

Fue un beso sensual y delicado. Jake se retiró antes de que se desatara la pasión y la miró sonriente.

–Gracias por esta noche tan maravillosa. Lo repetiremos pronto –le prometió.

–Gracias a ti. Estaré dispuesta a repetirla –dijo ella, tratando de aceptar la situación con tranquilidad.

–Llamaré a un taxi para que te lleve al apartamento de Eddie cuando terminemos de desayunar –se dirigió hacia el escritorio donde estaba el teléfono–. ¿Dónde vive Eddie, Laura?

–En Paddington.

–Eso está cerca –sonrió Jake mientras descolgaba el aparato–. Podemos compartir el taxi. Te acompañaré hasta su casa antes de seguir hacia la mía.

–¿Dónde vives?

–En el siguiente barrio. Woollahra.

Laura deseaba preguntarle en qué calle vivía, pero se mordió la lengua. Sabía que se sentiría tentada a ir hasta allí y, de pronto, se preocupó por cómo se estaba enganchando a aquel hombre.

Jake no quería una relación seria. Se lo había dicho durante la cena la noche anterior. Era evidente que nada había cambiado para él. Y tampoco debería haber cambiado para ella. No podía permitir que sus sentimientos interfirieran en las decisiones que había tomado sobre su vida.

Un viaje con puntos de encuentro.

Era lo mejor.

Sin embargo, no consiguió disfrutar del desayuno. Era como si no le hubiera sentado bien. Y también odió el trayecto en taxi hasta Paddington, consciente de que Jake continuaría sin ella. A la hora de despedirse de él, tuvo que esforzarse para sonreír. Y después, tuvo que enfrentarse a Eddie y contarle que todo había ido bien.

Era la verdad.

Aunque no toda.

Había sido fantástico, maravilloso, pero demasiado atractivo.

Y era peligroso.

Capítulo 8

CUANDO Eddie le preguntó sobre la noche que había pasado con Jake Freedman, ella contestó:

—La comida estupenda, el sexo estupendo, y ninguno de nosotros contemplamos el matrimonio, así que no te preocupes por el hecho de que pueda convertirme en víctima de un plan oculto. ¡Eso está completamente descartado!

Más tarde, tuvo que tranquilizar a su madre también.

—No se convertirá en una relación seria, mamá. Sólo quedé para cenar, y puede que lo repita o no —añadió con una pícara sonrisa—. Depende de lo bueno que sea el restaurante al que me invite.

Su madre se rió.

—¡Tú y la comida!

A su padre le contó todos los detalles de los platos que había probado y que la compañía de Jake había sido bastante agradable pero nada especial.

Sin embargo, le resultaba más fácil hacer creer a los demás que su relación con Jake no era nada especial que convencerse a sí misma. Su vida no era la misma desde que lo había conocido. Él invadía sus pensamientos, sobre todo por la noche cuando estaba sola en la cama, con el cuerpo impregnado de los recuerdos de su encuentro en la intimidad. Le era imposible no pensar en él durante largo rato y se frustraba cuando no conseguía mantenerlo en la distancia, sobre todo a medida que pasaban los días sin recibir noticias de él.

Jake no le había dado su número de teléfono móvil.

Y el número de teléfono fijo de su casa de Woollahra no figuraba en las guías telefónicas.

Al trabajo no podía llamarlo, por si su padre se enteraba.

Él era quien controlaba la posibilidad de contacto, y ella no era capaz de controlar el deseo de que lo hiciera. Finalmente, él la llamó el viernes por la tarde, y el placer de oír su voz se disimuló entre el resentimiento que ella sentía por el hecho de que él la afectara de ese modo.

–Hola –fue todo lo que ella consiguió decir.

No parecía que él se hubiera percatado de su fría respuesta, y expuso el motivo de su llamada sin hacerle ninguna pregunta personal.

–Llevo toda la semana tratando de reservar una mesa para mañana por la noche en uno de tus restaurantes preferidos. No ha podido ser. Todos están llenos y no ha habido ninguna cancelación. Sin embargo, he conseguido una mesa en Peter Gilmore's Quay para el próximo sábado por la noche. ¿Te parece bien?

¡Peter Gilmore's Quay era uno de los cincuenta mejores restaurantes del mundo!

–Fantástico –dijo ella–. Vi un postre magnífico que se llamaba Snow Egg en un programa de televisión. Era una capa de puré de guayaba mezclada con nata montada. Estaba recubierta por helado de guayaba y acompañado de un merengue con forma de huevo relleno de crema de manzana. Todo con una fina capa de caramelo por encima. ¡Era para morirse!

Él se rió y ella no pudo evitar sonreír.

–¿Quedamos allí a las siete? ¿Igual que la otra vez? –preguntó él.

–Sí.

–¡Estupendo! Te veré entonces, Laura.

Colgó el teléfono.

Eso era todo.

La felicidad que Laura había sentido se desvaneció en un suspiro. Era lo que habían acordado, quedar para aventurarse en la comida exquisita. Jake probablemente pensaba en el sexo como parte del postre. Y ella debería hacer lo mismo. No podía culparlo por no sugerirle que hicieran algo diferente ese fin de semana. El problema era suyo por desear algo más, y tendría que superarlo.

En general, Laura pensaba que lo había manejado bastante bien durante el resto de la semana. Era probable que el hecho de saber que tenían una cita le facilitara concentrarse en otras cosas. Se prometió a sí misma que no esperaría que después de aquella cita la noche se prolongara en compañía de Jake. Después de todo era mejor que mantuviera su independencia y que no se enamorara de aquel hombre.

Pero a pesar de todos sus razonamientos, no podía controlar el entusiasmo que sentía mientras se preparaba para la cita. En un intento de restarle importancia y de demostrarle a Jake que se estaba tomando ese asunto con la misma naturalidad que él, eligió una ropa menos llamativa. Unos pantalones vaqueros y un top, adornado con unos collares que había comprado en un mercadillo. Unas sandalias bordadas con cuentas completaban su aspecto informal.

Había avisado a Eddie de que se quedaría a dormir en su apartamento otra vez. Antes de salir de casa salió al jardín para escoger una rosa de color amarillo. Era una rosa Pal Joey y desprendía un delicioso aroma. Jake quizá no recordara que le había pedido que le llevara una a la próxima cena, pero así le demostraría que cumplía con su parte del trato.

El ferry que cruzaba de Mosman a Circular Quay la dejaba cerca del restaurante. Laura caminó con entusiasmo mientras rodeaba la terminal donde atracaban los barcos grandes para llegar hasta allí. Jake la estaría esperando en la planta superior del restaurante y, sin duda, aquella noche también sería maravillosa.

Jake había necesitado una fuerte disciplina para esperar dos semanas hasta poder ver a Laura de nuevo. La próxima vez sólo tendría que esperar una semana, y la siguiente lo mismo, suponiendo que ella quisiera continuar quedando con él. ¿Por qué no podía disfrutar de ella tanto como quisiera dentro de unos límites? Mientras mantuviera en mente su objetivo, su implicación con ella no se entrometería en su camino. No servía de nada que deseara que no fuera la hija de Alex Costarella. Era algo que no podía cambiarse.

La vio entrar en el restaurante con su cabello negro rizado y unos collares de colores sobre un top que resaltaba la forma de sus senos. Los vaqueros apretados que llevaba acentuaban las curvas de su cuerpo. Inmediatamente, Jake sintió que se le aceleraba el corazón y se le tensaba la entrepierna, como consecuencia del impacto que ella tenía sobre él.

No debería haber empezado aquello.

No debería continuar.

Entonces, ella sonrió y él se levantó de la mesa para saludarla. Justo antes de llegar junto a él, Laura metió la mano en el bolso y sacó una rosa de color amarillo.

–Para que la huelas –con un brillo de coqueteo en la mirada.

Él la miró sorprendido y encantado a la vez, y el placer que sentía se intensificó al acercar la flor a la nariz.

–Mmm... Siempre relacionaré este maravilloso aroma contigo.

Ella se rió.

–Y yo siempre relacionaré contigo la comida deliciosa. No puedo esperar para ver la carta de Peter Gilmore's.

Él se rió y sacó la silla para que se sentara.

–A tu servicio.

Cuando ambos se sentaron, apareció el camarero para ofrecerles la carta. Jake le pidió un vaso de agua para meter la rosa.

En cuanto volvieron a quedarse solos, Laura se inclinó hacia delante con otra sonrisa seductora.

–Me alegro de que te haya gustado.

Él sonrió.

–Tengo planes para esta rosa.

–¿Qué planes?

–Para más tarde –pensaba restregarla sobre su cuerpo e inhalar su aroma mientras la besaba donde más le apeteciera–. He reservado una habitación en el Park Hyatt Campbell Cove...

–Otro hotel –lo interrumpió ella frunciendo el ceño.

–Mi casa sigue hecha un desastre –le explicó él–. No puedo llevarte allí, Laura.

Nunca lo haría. Tenía que mantenerla al margen de su vida real.

–Pero sé que ese hotel es terriblemente caro, Jake. Y si sumamos la cena de esta noche, que sin duda costará un montón...

–El dinero no es problema para mí –le aseguró él.

–¿Mi padre te paga tan bien? –preguntó ella.

Él se encogió de hombros.

–Bastante bien, pero no cuento sólo con él para mis ingresos –«pronto dejaré de trabajar para él», pensó, consciente de que se quedaría sin trabajo cuando demostrara lo corrupto que era su padre–.

Tengo otro negocio que ha resultado ser bastante rentable.

—¿Y qué es?

No pasaba nada por contárselo. Dudaba que ella fuera a contárselo a su padre y tampoco le importaba si Costarella se enteraba.

—Compro casas destartaladas, las reformo durante mi tiempo libre y después las vendo.

—¡Ah! El negocio de la inmobiliaria. Hay un programa sobre eso que a veces veo en la televisión. Es fascinante ver cómo mejoran las casas antes de ponerlas a la venta. ¿Cuántas casas has reformado?

—Estoy haciendo la quinta.

—Me encantaría verla en algún momento. Ver lo que has hecho en ella —dijo ella con verdadero interés.

Jake tuvo que contenerse para no caer en la tentación de compartir con ella la información sobre la reforma que estaba realizando. Le habría gustado conocer su opinión al respecto. Era muy atractiva en diferentes aspectos, pero únicamente podía tener una relación sexual con ella, ya que se arriesgaba a enamorarse de Laura Costarella. Ya era bastante malo que no pudiera acostarse sin desear que estuviera a su lado.

—Quizá más adelante —dijo él—. Ahora no hay nada que ver. Es un completo desastre.

Ella puso una mueca de decepción.

—De acuerdo. Supongo que preferirás sentirte orgulloso a la hora de mostrar tu trabajo. Imagino que habrás ganado una buena cantidad por cada casa que has reformado.

–Lo suficiente como para no preocuparme de pagar lo que sea para pasar una noche estupenda contigo, Laura. Así que no te preocupes por ello. Puedo permitirme lujos como éstos, y compartirlos contigo hace que el placer se duplique.

Ella se relajó y sonrió mientras agarraba la carta.

–En ese caso, estoy encantada de compartir tus placeres. No me cortaré a la hora de pedir todo aquello que quiera probar.

«Tampoco te cortes en la cama», pensó Jake, aliviado al ver que ella no insistía en el tema de la casa. El tiempo que pasaran juntos tenía que quedar fuera de su vida real. No podía plantearse nada más con Laura, por mucho que le gustara que fuera de otro modo.

Laura se regodeó en el placer de estar con Jake. Era un hombre encantador y muy atractivo. No había nada en él que no le gustara. Sin embargo, se le daba muy bien mantener el control y ella no debía olvidarlo. Aunque también tenía su parte positiva. Era evidente que había necesitado mucha fortaleza para superar el trauma de perder a sus padres y centrarse en formarse para tener una carrera profesional.

Las palabras que Eddie le había dicho aparecieron en su cabeza. «Tarde o temprano te decepcionará», le había dicho su hermano, pero Laura no creía que eso pudiera suceder, al menos, no esa noche. De hecho, estaba tan excitada que le resultaba imposible encontrar nada malo en él.

Las conversaciones que mantenían eran diverti-
das. El brillo sexy de su mirada mantenía su excitación. Le encantaba todo acerca de él, y aunque
debía ser cauta al respecto, el entusiasmo se lo im-
pedía.

Una vez más, al hotel se podía ir caminando.
Jake había guardado la rosa que ella le había rega-
lado y la llevaba en la mano. Laura suponía que
quería llevársela a casa para tener un recuerdo ro-
mántico de ella.

Sabía que aquélla no debía ser una relación ro-
mántica. Probablemente era una locura intentar que
se convirtiera en una, sin embargo, su instinto femenino indicaba que aquel hombre era el adecuado
para ella. Además, Jake no le exigía nada. Era estupendo estar con él.

La habitación del hotel tenía vistas al teatro de la
ópera. Laura no pudo evitar admirar el lujo que
ofrecía, tanto como al hombre que le había hecho
posible disfrutar de aquello. Nada más cerrar la puerta, ella se volvió para abrazarlo y besarlo de forma
apasionada, incapaz de esperar ni un segundo más
para sentir lo que él la hacía sentir.

Al instante ambos estaban ardiendo de pasión.
Ella se separó un instante para desnudarse y se rió
al ver que Jake sujetaba la rosa con los dientes para
liberar sus manos y poder quitarse la ropa.

–Menos mal que le he quitado las espinas –dijo
ella.

–Mmm –fue todo lo que él pudo contestar.

Riéndose, Laura corrió hasta la cama y él la persiguió, tumbándola en la cama y aprisionándola con la pierna para que no se moviera.

—No puedes besarme con esa rosa entre los dientes —bromeó ella, contoneando el cuerpo de manera provocativa.

Jake agarró la rosa con la mano y le acarició el rostro con ella.

—He estado fantaseando toda la noche con hacer esto. Quédate quieta, Laura. Y cierra los ojos. Siente cómo los pétalos acarician tu piel. Respira su aroma.

Hacía falta mucho control para seguir sus instrucciones, pero merecía la pena el esfuerzo, así que Laura trató de concentrarse en las caricias que él le hacía y en los besos con los que cubría su cuerpo. Se sentía como una diosa pagana a la que veneraban, ungiéndola con perfume.

Nunca había sido tan consciente de su cuerpo, desconocía que tenía puntos eróticos bajo las caderas, detrás de las rodillas o en la planta de los pies. Que la acariciaran y la besaran así era una experiencia increíble.

Finalmente, Jake llegó a sus partes más íntimas, acariciándola hasta que Laura no pudo evitar quedarse quieta más tiempo. Arqueó el cuerpo y gimió su nombre, desesperada por que él la llevara al clímax.

Él se apresuró para complacerla y una vez más, el conjunto de sensaciones que experimentaron hasta llegar al orgasmo fue maravilloso.

Laura nunca se había sentido tan feliz. Era afortunada por tener un amante como Jake. Incluso se sentía agradecida hacia su padre por habérselo presentado. Merecía la pena correr aquella aventura y confiaba en que durara mucho tiempo.

A la mañana siguiente, cuando se marchaban del hotel, Jake le preguntó:

—¿El próximo sábado por la noche estarás libre? He reservado una mesa en el Universal, el restaurante de Christine Manfield.

«Para ti estoy libre en cualquier momento», pensó ella, entusiasmada con la idea de no tener que esperar más de una semana para volver a verlo.

—Sería estupendo —dijo ella, tratando de no parecer demasiado ansiosa. Tenía que controlar aquella relación. Jake no estaba deseando quedar con ella en cuanto tenía un momento libre y sería mejor si ella conseguía mantener la distancia también.

—¿A la misma hora? —preguntó él.

—Perfecto.

—¡Estupendo!

Le dedicó una sexy sonrisa y Laura consiguió sonreír también, a pesar de que estaba tensa por dentro. Tuvo que morderse la lengua para evitar poner en voz alta sus pensamientos. «¿Por qué no podemos pasar el día juntos? No interferiré en los trabajos de reforma de tu casa. Te ayudaré. Podemos hablar, reírnos, disfrutar de estar juntos».

Jake no debía enterarse de que ella lo deseaba más que él a ella, ya que si no quedaría en una posición de poder.

¿Su madre habría caído en esa trampa con su padre, al demostrarle lo necesitada que estaba? Si ha-

bía sido así, él se había aprovechado de su vulnera-
bilidad. Ella no estaba segura de si Jake sería así o
no, pero su instinto le decía que no debía mostrar
ninguna debilidad.

Era mejor mantener lo que habían acordado. Y
si más adelante cambiaba algo, tendría que ser Jake
el que tomara la iniciativa. Y no ella, y mucho menos ese día.

Capítulo 9

JAKE eligió el restaurante Tetsuya's, listado entre los cincuenta mejores del mundo, para su última noche con Laura. Había tenido que esperar dos meses para conseguir una mesa e incluso había tenido que retrasar sus planes para poder disfrutar de aquella cena especial antes de destrozar a su padre.

Jake miró el reloj mientras esperaba a que Laura llegara, consciente de que no quería perder ni un minuto de aquella última cita. Ni siquiera eran las siete en punto. Sabía que echaría de menos el placer de su compañía, y más aún el fantástico sexo que habían compartido, pero sabía que era ridículo tratar de alargar el tiempo que podían pasar juntos.

Había sido estupendo. Pero ella era la hija de Costarella y una vez que él se vengara, Costarella no podría contener su rencor y también lo pagaría con ella. Acabaría echando a Laura de su casa si no se ponía de su lado. Y aunque ella decidiera no hacerlo y se marchara a casa de su hermano... No, no haría tal cosa. Se quedaría junto a su madre para ahorrarle todo el sufrimiento posible.

Esa noche sería el final de su relación.

No tenía sentido darle más vueltas.

Además, una vez que consiguiera su objetivo querría continuar con su vida y buscar el tipo de relación que habían tenido su madre y su padrastro, formar una familia y compartir buenos momentos con su esposa y sus hijos. Por muy atraído que se sintiera por Laura Costarella, no conseguía encajarla en ese tipo de relación.

Por muy apasionada que fuera en la cama, estaba decidida a continuar con su propia vida sin implicarse en una relación con él. Para Jake eso era la confirmación de que el matrimonio no le resultaba atractivo, algo comprensible si se tenía en cuenta su pasado familiar. Tener una relación de amantes era lo único que un hombre podría conseguir con Laura. Saber que ella no le daba demasiada importancia a la relación hacía que terminar la aventura amorosa que compartían resultara más fácil. Él le había ofrecido placer. Esperaba que el recuerdo de todo aquello no se viera demasiado manchado por el dolor que sus actos provocarían en el hogar de la familia Costarella.

La semana anterior se había planteado si contarle o no lo que iba a suceder y explicarle el motivo. De algún modo le parecía que sería justificarse demasiado y no tenía por qué, no cuando lo que iba a hacer era buscar justicia, y tarde o temprano sería evidente para todo el mundo. Además, desde un principio le había dicho a Laura que no quería desearla.

Todo saldría a la luz muy pronto. Lo mejor para

ambos era que disfrutaran de la última noche juntos.

Laura entró al restaurante con una amplia sonrisa. Llegaba diez minutos tarde por culpa del transporte público que había tenido que tomar para llegar a Kent Street, donde estaba el restaurante, pero por fin había llegado para pasar otra noche con Jake. Y allí estaba él, levantándose de la mesa en la que estaba esperándola.

Laura sintió que se le aceleraba el corazón. Cada vez que lo veía le pasaba lo mismo. Y su manera de sonreír al verla, provocaba que la invadiera la alegría. Quería a aquel hombre y le encantaba estar con él. Deseaba de todo corazón poder compartir con él algo más que una noche a la semana.

Aunque sabía que no sería sensato implicarse demasiado, y menos cuando todavía tenía que sacarse el título universitario. Estaba a mitad de curso. Algunos meses después... ¿Estaría Jake esperando a que finalizara sus estudios para pedirle que tuvieran una relación más seria? Se llevaban bastantes años de diferencia. Quizá él también fuera consciente de eso. Fueran cuales fueran sus motivos para mantener una relación tan limitada, ella confiaba en que, tarde o temprano, eso cambiaría. Juntos lo pasaban de maravilla, demasiado bien como para que aquella relación terminara algún día.

Laura no pudo evitar besarlo en la mejilla antes de sentarse.

–Siento llegar un poco tarde. El autobús ha tardado mucho. No paraba de subir y bajar gente.

–No hay problema –le aseguró él–. Ya estás aquí. He estado mirando el menú y esta cena promete ser una experiencia fantástica.

–¡Vaya! Estaba deseando que llegara este momento.

Él se rió al verla tan emocionada. A Laura le encantaba su manera de reír, y cómo se le iluminaba el rostro al hacerlo.

–Me gustaría que pidiéramos el menú de degustación. Consta de ocho platos. ¿Estás dispuesta? –preguntó él.

–¡Ocho platos!

–No serán muy grandes. Pero ofrecerán una maravillosa variedad de sabores.

–Déjame ver –estiró la mano para que le pasara el menú. La lista de platos que Jake sugería era irresistible–. Me parece muy bien –dijo con decisión.

Una vez más, Jake tendría que pagar una fortuna por la cena pero, como a él no le importaba, Laura se negaba a sentirse culpable. Era su elección. Él sonrió, consciente de que ella estaba encantada de ceder a la tentación.

–Me estás convirtiendo en una niña mimada con todo esto, Jake.

–Tú me has dado más de lo que el dinero puede comprar, Laura. Debería darte las gracias por ser como eres.

¿Eso sonaba como una despedida? Laura frunció

el ceño al oír sus palabras. Sin duda, él sólo intentaba hacerla sentir bien.

—No me cuesta mucho ser yo misma —dijo ella.

Él negó con la cabeza.

—No imagino que pudiera disfrutar tanto cenando con otra persona.

Ella se relajó y sonrió.

—Entonces, debería agradecerte el hecho de que seas como eres, porque yo tampoco creo que disfrutara tanto cenando con otro hombre.

—Me alegro de que estemos de acuerdo en ese punto.

Ella se rió.

—Creo que estamos de acuerdo en muchas cosas.

—Cierto. ¿Pedimos la cena?

Él llamó al camarero mientras Laura se aseguró en silencio que todo iba bien entre ellos.

Una vez más, pasó una estupenda velada con Jake. La cena fue sensacional. Fue divertido disfrutar de los diferentes sabores y compararlos con lo que habían comido en otros restaurantes. Laura se dirigió al baño antes de marcharse del local y, de regreso a la mesa, sintió otro instante de inseguridad.

Jake no estaba mirando a ver si ella regresaba. Estaba pensativo, y con una expresión seria en el rostro. Era evidente que algo iba mal, algo acerca de su vida privada que nunca compartía con ella. ¿No era hora de que lo hiciera? Llevaban casi tres meses compartiendo una relación íntima. Sin duda, ya la conocía lo bastante como para poder confiar en ella y contarle lo que pasaba por su cabeza.

Cuando Laura llegó a la mesa, él sonrió.

—¿En qué estabas pensando, Jake?

Él negó con la cabeza y esbozó una sonrisa mientras se ponía en pie.

—En el pasado. No tiene nada que ver contigo, Laura. He llamado a un taxi. Nos está esperando fuera.

Él la agarró del brazo y ella frunció el ceño al oír su evasiva.

—Quiero saberlo —dijo ella.

—Estaba pensando en mis padres. Y en cómo disfrutaban comiendo juntos.

—¡Oh! —Laura sintió que le daba un vuelco el corazón. Era evidente que Jake se había entristecido por el recuerdo, pero tenía la sensación de que también tenía algo que ver con ella... Quizá lo relacionaba con lo de sus cenas en los restaurantes y con cómo había disfrutado con ella. Tenía la sensación de que su relación era más importante para él de lo que estaba dispuesto a admitir.

—He reservado una habitación en el Park Hotel —dijo él, mientras salían del restaurante.

Otro hotel. Ella sabía que estaba cerca de Hyde Park, en el centro de la ciudad, y que por la mañana sólo tendrían que recorrer un corto trayecto entre Paddington y Woollahra. Siempre se decepcionaba al ver que él no le pedía que fuera a su casa, pero Laura decidió no presionar.

El recorrido en taxi lo hicieron en silencio. Laura tenía la sensación de que él le apretaba la mano más fuerte de lo normal y ella estaba impaciente por meterse en la cama con él.

Era evidente que el deseo que sentía el uno por el otro no había desaparecido. En cuanto cerraron la puerta de la habitación del hotel se abrazaron, besándose como si no existiera el mañana, desnudándose lo más rápido posible para poder satisfacer el deseo que los invadía por dentro.

Hicieron el amor con más intensidad que nunca, y Laura sintió que Jake le importaba de manera más personal, no sólo en el plano sexual. Tardaron mucho tiempo en quedarse dormidos y, por la mañana, ella despertó al notar que la estaban acariciando con ternura. Ella se volvió para abrazar a Jake y él se encargó de excitarla rápidamente. Nunca habían tenido relaciones sexuales por la mañana, pero ese día sí las tuvieron y Laura lo interpretó como que la relación estaba cambiando.

Después de un buen desayuno, se ducharon y se prepararon para marchar. Estaban en la puerta de la habitación cuando Jake se volvió para besarla de nuevo de forma apasionada, provocando que Laura no pudiera olvidar la sensación del beso hasta llegar a la recepción. Tenía la esperanza de que él le pidiera que lo acompañara a casa en lugar de que cada uno continuara su camino.

Un taxi los esperaba en la puerta del hotel. Jake abrió la puerta para que Laura entrara y ella se acomodó en el otro extremo para dejarle espacio a él. Sin embargo, Jake no entró en el taxi, sino que se agachó para hablar con el conductor e indicarle la

dirección de Eddie y darle un billete de veinte dólares.

Sorprendida, Laura le preguntó:

–¿No vienes conmigo?

Él la miró a los ojos con una expresión sombría.

–No. Tengo que ir a otro sitio, Laura –dijo con
decisión–. Ha estado muy bien –le acarició la mejilla–. Gracias.

Retiró la mano y cerró la puerta del taxi, indicán-
dole al conductor que arrancara.

Laura estaba demasiado asombrada como para
reaccionar. Permaneció callada, sintiendo cómo se
estrellaban todos sus sueños y expectativas. ¡Había
sido un «adiós»! No un «volveremos a vernos». Jake
no había mencionado nada acerca de una próxima
vez.

Laura trató de comprender por qué. No había
motivos para abandonar algo que había estado bien.
Él la llamaría durante la semana. Aquello no podía
terminar así. Sin embargo, cuanto más pensaba en
ello, más sentía que él había estado toda la noche
despidiéndose. ¡La última cena, la última relación
sexual, el último beso, la última caricia!

Pero quizá se equivocaba. Quizá, quizá...

El taxi se detuvo frente a la casa de Eddie. Laura
se despidió del taxista y se bajó del vehículo. Miró
el reloj y vio que eran casi las once. Esperaba que
Eddie estuviera tomando el *brunch* con sus amigos,
porque no le apetecía tener que hablar con él. Y menos cuando experimentaba una gran mezcla de sentimientos negativos.

¡No tuvo suerte!

Él estaba sentado en la mesa del salón, leyendo el periódico con una taza de café en la mano. En cuanto ella entró en el apartamento, la miró y le preguntó:

—¡Hola! ¿Has pasado otra noche estupenda con el chico de oro de papá?

—Sí. Una noche estupenda —dijo ella, con apenas entusiasmo en la voz.

Él la miró extrañado.

—¿Tetsuya no ha cumplido tus expectativas?

—Sí, totalmente —dijo más animada.

—¿Estás enferma? ¿Te pasa algo?

—No.

—Entonces, ¿por qué tienes ese aspecto de moribunda?

Ella suspiró, aceptando que no podría ocultárselo a Eddie.

—Creo que Jake se ha despedido de mí esta mañana, y yo no estoy preparada para decirle adiós —dijo ella, encogiéndose de hombros.

Eddie puso una mueca y se levantó de la silla.

—Ven a sentarte. Te prepararé un café. A lo mejor te anima un poco.

Ella se sentó en una silla, como si estuviera agotada.

—¿Por qué crees que ha sido una despedida? —preguntó Eddie, mientras le servía el café.

Laura recordó la escena.

—Me ha metido en un taxi, me ha acariciado la mejilla y me ha dicho: «Ha sido estupendo, Gracias».

Normalmente comparte el taxi conmigo y me dice dónde nos veremos la próxima vez, pero esta mañana ha cerrado la puerta sin más.

–Ha sido estupendo... –repitió Eddie. Negó con la cabeza, y le llevó el café a la mesa, sentándose frente a ella–. Si dijo que había sido estupendo...

–No. Estoy segura de lo que hablo, Eddie.

–Parece que ha sido una manera muy tajante de decir adiós. ¿Tienes idea de por qué?

–No. Ninguna. Y por eso estoy tan descolocada.

–¿No eres consciente de ninguna cosa negativa que haya pasado entre vosotros? Por ejemplo, ¿que se estuviera aburriendo con la rutina que habíais establecido?

–No soy estúpida, Eddie. Sabría que se estaba aburriendo.

–Está bien. No se estaba aburriendo pero se ha despedido de ti a pesar de los placeres que compartíais. Eso sólo deja una posibilidad, Laura –dijo Eddie.

–¿Cuál?

–Que ya ha cumplido con su propósito.

Ella lo miró confusa.

–¿No comprendo? ¿Qué propósito?

–Te apuesto a que tiene algo que ver con papá.

–Pero hemos mantenido nuestra relación al margen de él –protestó ella.

–Tú sí, pero ¿cómo puedes saber que Jake también?

–Él me prometió...

–Laura, Laura... Desde un principio te advertí que es un hombre que juega a todas las bandas. Por algo se ha convertido en la mano derecha de nuestro padre. Es evidente que se ha esforzado por ganarse la confianza de papá. También por ganarse la tuya. Pero permite que te recuerde que James Bond tiene su propio juego y creo que te ha utilizado según ese dicho de «ámalas y déjalas...».

James Bond. Laura había dejado de pensar en Jake como ese personaje. Él era el hombre que ella quería, al que deseaba, y con el que soñaba compartir el resto de su vida. ¿Había sido tan idiota como para engancharse a él? ¿Y Jake no sentía nada por ella aparte del deseo de llevarla a la cama? ¿Cómo podía ser que los intensos sentimientos que él había provocado en ella fueran unilaterales?

La manera en que habían hecho el amor aquella mañana le había hecho creer que él sentía algo más por ella. Eddie tenía que estar equivocado. A Laura no se le ocurría ningún motivo por el que él hubiese podido utilizarla. Lo más seguro era que tuviera algo importante que hacer aquella mañana, y que deseara haberse quedado con ella. Quizá la llamara durante la semana.

Eddie negó con la cabeza.

—No quieres creerlo, ¿verdad?

—Supongo que el tiempo lo dirá, Eddie —contestó ella—. Vamos a dejarlo, ¿quieres?

—Está bien. Entretanto, quédate con lo positivo. Has disfrutado de varias cenas en restaurantes elegantes, te has alojado en hoteles de lujo, y has tenido una buena dosis de sexo estupendo. No han sido tres meses tan malos, Laura.

Ella puso una sonrisa tristona.

–No, nada malos.

«Pero quiero más. Quiero a Jake Freedman. Y espero conseguirlo».

Capítulo 10

E L RESTO del domingo transcurrió sin una
llamada de Jake.

El lunes, tampoco tuvo noticias de él.

«Lo más probable es que me llame el viernes»,
pensó Laura, tratando de concentrarse en sus estudios universitarios y de no distraerse pensando en
que Jake no la había llamado. Pasara lo que pasara
con él, ella debía continuar con su vida y obtener
buenas notas. Sin embargo, por mucho que razo-
nara sentía mucha nostalgia y se le formaba un
nudo en el estómago cuando pensaba en él.

El martes por la tarde, se sorprendió al ver el coche de su padre aparcado frente a la casa. Él nunca
salía temprano de trabajar y ni siquiera eran las cinco. ¿Le habría sucedido algo malo a su madre? ¿Un
accidente? ¿Una enfermedad? No podía imaginar
un motivo que no fuera una emergencia para que su
padre hubiese regresado tan pronto a casa.

Corrió hasta la puerta principal, abrió rápidamente y entró en la casa.

–¿Mamá? ¿Papá? –llamó con nerviosismo.

–¡Entra, Laura! –la voz de su padre resonó desde
el salón–. ¡Te estaba esperando!

Ella se detuvo en seco con el corazón acelerado. Su padre estaba rabioso. Completamente furioso.

Se abrieron las puertas del salón. Laura enderezó la espalda y dio un paso adelante.

Al entrar en el salón, Laura encontró a su madre acurrucada en la esquina de uno de los sofás, con el rostro pálido y abrazándose como si tuviera miedo de descomponerse. Su padre estaba de pie detrás de la barra, sirviéndose un whisky con hielo. Tenía el rostro colorado y la botella estaba medio vacía.

—¿Todavía te ves con Jake Freedman? —le preguntó a Laura.

No tenía sentido tratar de escabullirse cuando su padre estaba de ese humor.

—No lo sé —contestó ella con sinceridad.

—¿Qué quieres decir con eso? No te hagas la idiota, Laura.

Ella se encogió de hombros.

—Estuve con él el sábado por la noche, pero no ha vuelto a hacer planes para que nos veamos.

Su padre resopló y dijo:

—Ha tenido su último triunfo acostándose con mi hija.

—Alex, no es culpa de Laura —dijo la madre, mostrando más coraje del habitual—. Tú se lo presentaste.

El padre comenzó a gritar.

—¡El muy canalla ha jugado sus cartas a la perfección! ¡Cualquiera se habría sentido atraído por él!

—Entonces, no culpes a Laura —suplicó la madre.

¿Qué había hecho Jake? Laura no comprendía nada. Se acercó al sofá y se sentó junto a su madre.

–¿Qué ocurre, papá? –preguntó ella.

–Ese bastardo ha llevado todos mis negocios al tribunal de auditores y han suspendido mi actividad en el sector. Estoy pendiente de una investigación.

–¿Suspendido? –por eso estaba en casa tan temprano, pero...–. ¿Una investigación de qué?

–Nunca te ha interesado mi trabajo, Laura, así que no es asunto tuyo.

–Quiero saber de qué te acusa Jake.

Él la señaló con un dedo.

–Lo único que tienes que saber es que él estaba empeñado en destrozar mi negocio durante el tiempo que ha trabajado para mí. Liarse contigo ha sido la guinda para él.

–¿Por qué? Hablas como si fuera una *vendetta* personal.

–Es una *vendetta* personal –la miró de arriba abajo–. Todo lo personal que puede ser que te haya puesto las manos encima y se haya tomado todas las libertades que quisiera.

–¡Alex! –protestó la madre.

Él la ignoró.

–Y tú le dejaste, ¿verdad? ¡Mi hija! –exclamó el padre.

Laura se negó a contestar.

–Él se habrá deleitado cada vez que te hayas rendido a sus pies.

–Esto no trata de mí, papá –dijo ella, todo lo tranquila que pudo–. Está claro que yo soy un asunto incidental. ¿Por qué Jake tiene una *vendetta* personal contra ti?

—¡Por JQE! —exclamó el padre.

—Eso no significa nada para mí —insistió Laura.

Él la miró de forma despectiva, como si su ignorancia fuera otra púa envenenada para su orgullo.

Ella lo miró con desafío.

—Creo que tengo derecho a saber de qué he sido víctima.

—JQE era la empresa de su padrastro —informó el padre de Laura—. Él cree que yo podía haberla salvado y que elegí no hacerlo. El hombre murió de un ataque al corazón poco después de que yo asegurara el cargo del liquidador.

«¡Su padrastro!», pensó Laura.

—¿Tenía un apellido distinto al de Jake?

—¡Por supuesto! Si hubiese sabido que tenían alguna relación, nunca lo habría contratado.

—¿Cuánto tiempo lleva trabajando en tu empresa?

—¡Seis años! Seis malditos años durante los que ha rebuscado en mis archivos para poder denunciarme.

Un hombre con una misión... James Bond... Oscuro y peligroso...

—¿Y podrías haber salvado la empresa de su padrastro, papá? —preguntó ella, deseando saber si Jake buscaba justicia o sólo venganza. Jake adoraba a su padrastro, y era posible que fuera el único padre que había conocido nunca.

—El hombre era un idiota. Incluso con mi ayuda, no estaba en condiciones de rescatar nada. Su esposa estaba muriendo de cáncer. Tratar de continuar con aquello era ridículo.

¿Habría elegido su padre beneficiarse de aquella situación mediante el cobro de grandes cantidades de dinero para llevar adelante el proceso de liquidación?

Laura sabía que no conseguiría que su padre le contara la verdad. Él sólo intentaría conseguir sus objetivos. Siempre lo había hecho.

Y, en cuanto a Jake, debía de haber sufrido mucho cuando sucedió todo aquello. Su madre muriéndose de cáncer, su padrastro en bancarrota y falleciendo después, de un ataque al corazón. Debió de ser muy traumático tener que enterrar a ambos progenitores mientras se vendía todo lo que tenían. Ella había notado amargura en su voz cuando él le contó el lado malo del negocio de la bancarrota, el primer día en el jardín, pero no había imaginado que pudiera tener relación con todo aquello sólo por ser la hija de su padre.

Él padre se sirvió otro whisky y amenazó a Laura con el dedo.

—¡No te atrevas a ponerte de su parte en este maldito asunto o te echaré de esta casa, Laura! Él te ha utilizado para demostrarme que soy todavía más idiota por haber confiado también en él al presentarle a mi hija.

¿Habría sido esa la intención de Jake al tener una aventura con ella? Laura sintió que se le encogía el corazón. Él había controlado todo lo relacionado con sus citas, y había limitado su relación a los sábados por la noche. ¿Se habría deleitado en secreto por tenerla a su disposición? ¿Y por quién era ella?

–Lo que había entre nosotros ha terminado –dijo ella.

–¡Más vale que sea así, mi niña! –dijo con tono amenazante–. Si se pone en contacto contigo...

–No lo hará –Laura estaba segura de ello. Él se había despedido de ella el domingo por la mañana.

–¡No estés tan segura! Sería otro triunfo para él si consigue que vuelvas a su lado.

–No lo hará –repitió ella muy afectada. Lo había amado de verdad y la idea de que él la hubiera utilizado para vengarse de su padre era devastadora.

–Más vale que sea verdad, Laura, porque si me entero de lo contrario, ¡pagarás por ello!

–Estoy segura.

–Estás muy pálida. Es evidente que te gustaba mucho.

Su comentario fue seguido de otro trago de whisky.

–No me encuentro bien –dijo la madre–. ¿Me acompañas a mi habitación, Laura?

–Por supuesto –se levantó para ayudarla.

–Huyes, como siempre –dijo el padre–. Viviremos con esto sobre nuestras cabezas durante meses, Laura. No podrás escapar.

–Ha sido el susto, papá –contestó Laura–. Mamá necesita un tiempo para recuperarse.

–¡Recuperarse! ¡Yo nunca me recuperaré de esto! ¡Nunca! Ese bastardo me ha paralizado.

«No por nada», pensó Laura mientras acompañaba a su madre a la habitación. Jake debía de haber presentado muchas pruebas contra su padre para que hubiesen suspendido su actividad. Y también las habría reunido durante el tiempo que había quedado con ella.

Laura también necesitaba tiempo para recuperarse.

Su madre se sentía muy débil. Laura la ayudó a acostarse y la tapó.

—No es culpa tuya, mamá —le dijo.

Su madre tenía los ojos llenos de lágrimas.

—No creo que pueda soportarlo si tu padre se queda en casa todos los días.

—No hace falta. Eddie te acogerá en su casa. Sólo tienes que pedírselo.

La madre negó con la cabeza.

—No sería justo para él. No lo comprendes, Laura. Tu padre no toleraría que lo abandonara. Haría algo al respecto.

Laura odiaba que su madre sintiera miedo, pero sabía que no había manera de razonar. Eddie y ella lo habían intentado muchas veces.

—Bueno, no creo que papá esté en casa todo el rato. Saldrá para tratar de solucionar esta situación con todo lo que esté en su mano.

—Sí. Lo hará. Gracias, Laura. Siento mucho que Jake...

—No hablemos de ello. Descansa, mamá.

La besó en la frente y salió de la habitación antes de que no poder contener las lágrimas. Unas lágrimas de dolor, sorpresa y pena que había conseguido contener delante de su padre. Y de su madre.

Una vez en su habitación, lloró hasta derramar la última lágrima. Durante mucho rato permaneció tan cansada que no podía pensar en nada pero, poco a poco, comenzó a recordar todo lo que había vivido con Jake y la frase que él le había dicho en el jardín.

«No quiero desearte».

Pero lo había hecho.

La había deseado y, posiblemente, no por quién era, sino a pesar de quién era.

Lo que marcaba una gran diferencia con la interpretación que su padre había hecho acerca del comportamiento de Jake, en relación con ella.

Eso significaba que ella no formaba parte de su plan de venganza.

De forma inocente tenía relación con el hombre que él consideraba como la causa principal de los años más dolorosos de su vida.

Mirando atrás, comprendía por qué Jake no había permitido que su relación se convirtiera en algo serio. Él sabía que no tenía futuro desde un principio, pero la había encontrado tan irresistible como ella lo había encontrado a él, y había aprovechado la oportunidad de disfrutar antes de que las circunstancias se lo impidieran.

«Ha sido estupendo. Gracias».

Él no la había utilizado.

Ambos habían elegido satisfacer sus deseos y lo habían disfrutado. Cuanto más razonaba Laura sobre ello, más se convencía de que la aventura que habían compartido no tenía nada que ver con el camino que Jake había elegido para arruinar a su padre.

Ella recordaba la intensidad con la que habían hecho el amor la noche del sábado, el beso apasionado que habían compartido antes de marcharse del hotel y la expresión de su mirada cuando él le acarició la mejilla en el taxi.

Quizá no quería despedirse.

Quizá él la amaba tanto como ella a él.

Quizá no veía la posibilidad de que pudieran tener un futuro juntos, teniendo en cuenta lo que estaba a punto de hacer.

Eso podía ser cierto... O no.

Dependía de lo que él sintiera por ella.

Tenía que verlo, hablar con él, descubrir la verdad.

Capítulo 11

A LAURA le hubiera gustado poder emplear el coche de Eddie para recorrer las calles de Woolahra en busca de las casas que estaban reformándose. Habría sido la manera más eficiente de buscar la casa de Jake, pero sabía que su hermano no habría satisfecho su petición. Así que había decidido no pedírselo. Era mejor que recorriera el vecindario a pie, por mucho que tardara.

Cuando le contó a Eddie lo ocurrido, él llegó a la misma interpretación que su padre, insistió en que Laura no debería haberse metido en esa aventura y en que Jake tenía una misión. Era imposible negar lo último, pero Laura no podía evitar la necesidad de volver a verlo.

Al menos, Eddie había quedado con su madre ese día para darle un respiro de la tensión que se acumulaba en su casa. Así, Laura tenía suficiente tiempo libre para cubrir gran parte de la zona de búsqueda, aunque como era domingo no había ningún camión de reformas que pudiera darle una pista. Después de caminar durante tres horas y sintiéndose desanimada por su falta de éxito, decidió parar a comer y a descansar un poco.

Recorrió una calle que llevaba hasta un parque público donde podría sentarse a comer los sándwiches que se había preparado en casa. Laura apenas podía creerlo cuado vio a Jake. Él estaba en el balcón de un ático pintando de color verde la barandilla de hierro. La puerta de entrada y los marcos de las ventanas eran del mismo color, y quedaban muy bien con los ladrillos de color rojo de la casa.

Él también tenía buen aspecto. Ella lo miró un instante, invadida por una terrible sensación de inseguridad. ¿Sería una completa idiota por haber ido hasta allí? ¿Y qué pasaba si lo era? No era tan grave si, después de todo, terminaba sintiéndose humillada.

Jake levantó la cabeza y la vio enseguida.

—¡Laura! —exclamó con cierto tono de angustia—. ¿Qué haces aquí?

—Necesito hablar contigo —soltó ella.

Él negó con la cabeza.

—No voy a hacerte ningún bien —miró hacia una furgoneta que estaba aparcada al otro lado de la calle—. Lleva ahí desde el miércoles. Diría que tu padre me está vigilando y no creo que le gustara que lo informaran de que has venido a verme. Si sigues caminando, a lo mejor no le dan importancia.

La amenaza de su padre invadió su cabeza. «Pagarás por ello».

En esos momentos, a Laura no le importaba. Jake acababa de demostrarle que se preocupaba por ella. Eso era lo más importante de todo. ¿O es que intentaba quitársela del medio lo más rápido posible?

—Tengo que saberlo —dijo ella con decisión—. No me iré hasta que me cuentes la verdad.

Él puso una mueca de dolor y movió la mano como para restar importancia a sus palabras.

—Ya sabías que lo nuestro debía terminar. Recuérdalo por lo que fue y continúa con tu vida.

—¿Qué pasó, Jake?

—También lo sabes —contestó él.

—No, no lo sé. No me contaste nada acerca de lo que era más importante para ti. No sé si te atraía acostarte conmigo mientras planeabas destrozar a mi padre, o si era algo más. Quiero saberlo antes de marcharme.

Jake miró a la mujer a la que nunca debería haber acariciado y percibió el dolor que sentía. Seguía siendo la mujer más bella y deseable que había conocido nunca y odiaba tener que separarse de ella. Tenía que hacerlo, pero ¿era necesario hacerlo de modo que ella despreciara lo que habían compartido?

Jake quería que ella tuviera un buen recuerdo de él. Sin embargo, ¿cómo podía calmar su dolor y protegerla de la ira de su padre al mismo tiempo? Sin duda, los hombres de Costarella lo estaban vigilando e informarían de aquel encuentro. Cuanto más durara, peor sería para Laura cuando regresara a casa.

—Hay un parque al final de la calle —dijo él señalando en la dirección, como si ella hubiera preguntado por aquel lugar.

—¡Lo sé! —exclamó enfadada—. ¿No puedes contestarme sin más?

Él miró hacia la furgoneta.

—Me encontraré contigo allí cuando termine de pintar. Vete, Laura. Ahora.

Centró la atención en el trabajo que estaba haciendo y se agachó para mojar la brocha en el bote de pintura, confiando en que la urgencia de su voz hiciera que ella se marchara. Al cabo de un momento se percató de que Laura se había marchado.

Él continuó pintando despacio, demostrando que no tenía prisa por terminar el trabajo. Aprovecharía para pensar, y para decidir que debería ser escueto con Laura, evitar tomarla entre los brazos y demostrarle que la pasión que había sentido por ella había sido real. Y que seguía siéndolo. Debía ignorar la tensión de su entrepierna. Aquel encuentro debía servir para dejarle las cosas claras y después permitir que se marchara.

El estrecho pasillo que transcurría por la parte trasera de las terrazas de las casas permitiría que se marchara sin que lo vieran. Regresaría por el mismo camino. Un último encuentro. Nada más.

«Sí que le importo», pensó Laura con alegría mientras se dirigía al parque. Jake no tendría por qué molestarse en reunirse con ella si no significara nada para él. Si ella hubiese formado parte de la *vendetta* que él tenía hacia su padre, la habría humillado en la calle. Era evidente que su presencia le había hecho recordar lo que habían compartido, lo que habían tratado de finalizar.

Pero no lo habían conseguido.

Ni para ella, ni para él.

La atracción que había entre ambos era demasiado potente como para pasarla por alto.

Laura estaba segura de ello.

Encontró un banco bajo la sombra de un árbol y se sentó a esperar, sin molestarse en sacar los sándwiches que había preparado. Su corazón estaba hambriento de otro tipo de necesidades. Jake se reuniría con ella pronto. Jake, el hombre al que amaba... y al que siempre amaría. ¿Sentiría él lo mismo por ella?

¿Habría roto con ella únicamente por la situación que tenía con su padre?

Laura no tenía ni idea de cuánto tiempo esperó. Estaba obsesionada con encontrar la manera de poder continuar con la relación, un lugar secreto, lo que fuera necesario para evitar que su aventura no terminara. Cuando vio que Jake se acercaba a paso ligero, se puso en pie, apenas controlando su deseo de correr a sus brazos. Primero tenían que hablar, aunque si él la abrazara...

No lo hizo. Tampoco sonrió al verla, ni le brillaban los ojos. Cuando llegó a su lado, la agarró de las manos y dijo:

—No tenía intención de hacerte daño, Laura. Pensé que podríamos satisfacer nuestros deseos y darnos placer. Nada de eso tenía que ver con tu padre. Eras tú la mujer con quien deseaba estar, y no por el hecho de que fueras su hija.

Le acarició el dorso de la mano y la miró a los ojos.

Laura creía que decía la verdad.

—Deberías haberme contado lo que ibas a hacer, Jake —soltó ella—. No habría sido tan malo que me lo hubieses dicho.

Jake puso una mueca.

—No quería estropear nuestra última noche juntos hablando de tu padre, y de mi pasado. Y si te lo decía tampoco iba a cambiar nada.

—Me habría preparado.

—Sí. Eso lo veo ahora. Lo siento. Pensé que lo comprenderías. Lo que tuvimos fue un paréntesis en nuestras vidas, Laura —le apretó las manos—. Debes olvidarlo y continuar.

—No quiero hacerlo, Jake. Fue demasiado bueno como para olvidar. Tú deberías sentir lo mismo —suplicó.

Jake negó con la cabeza.

—No hay manera. Tu padre se enterará, y resistirse a él sólo servirá para que os lo haga pasar peor a tu madre y a ti. Me dijiste que ella te necesita. Y todavía tienes que sacarte la licenciatura. Cualquier relación conmigo te costará demasiado.

Si él estaba bajo vigilancia... Sí, sería demasiado arriesgado. Ya tenían bastante tensión en casa. Sin embargo, dejar escapar la relación que tenía con Jake... Todo su cuerpo se negaba a abandonar.

–¿Y qué pasará cuando todo haya terminado, Jake? ¿Podríamos retomar la relación?

Él negó con la cabeza pero, al contestar, puso una mueca de dolor.

–El proceso para acusar a tu padre por corrupción puede durar años, Laura.

–¿Es culpable?

–Sin duda.

–¿Irá a la cárcel?

–Lo expulsarán del sector. Dudo que tomen otro tipo de medidas.

Su madre no tendría alivio alguno. Ni escapatoria, a menos que...

–Cuando consiga mi licenciatura y un buen trabajo, me independizaré. Quizá pueda convencer a mi madre para que se venga a vivir conmigo. Así nos libraremos de mi padre.

–Quizá... –dijo él, pero su mirada mostraba incredulidad.

La esperanza que Laura tenía acerca de poder mantener una relación con él en un futuro se veía truncada.

–¿De veras quieres que esto sea un adiós, Jake?

–No. Pero no veo ninguna otra alternativa.

–Tienes mi número de teléfono móvil. Podrías llamarme de vez en cuando, ver cómo van las cosas –sugirió ella, tratando de no mostrar su desesperación.

Jake dejó de mirarla a los ojos y se fijó en sus manos entrelazadas. La acarició de nuevo y murmuró:

—Deberías olvidarte de mí, Laura. Conocerás a otro hombre que no te haga la vida tan difícil a causa de su pasado.

—No conoceré a nadie más como tú —dijo ella, luchando por un amor que quizá no volviera a sentir nunca.

Él suspiró y susurró.

—Yo tampoco —la miró a los ojos otra vez—. No voy a llamarte de vez en cuando. No quiero retenerte. Cuando termine con tu padre, pase el tiempo que pase, me pondré en contacto contigo para ver qué ha pasado con tu vida y qué es lo que sentimos el uno por el otro.

—Prométeme que lo harás, Jake. Pase lo que pase hasta entonces, prométeme que volveremos a vernos.

—Lo prometo —se inclinó hacia delante para besarla en la frente—. Se fuerte, Laura —murmuró.

Antes de que ella pudiera contestar, él la soltó de las manos y se marchó. Ella observó cómo se alejaba, sintiendo que la distancia se incrementaba entre ambos con cada paso que daba.

Le había prometido que se volverían a ver.

Quizá fuera muchos años después, pero no creía que el tiempo cambiara lo que sentía por él.

Y tenía muchas cosas por conseguir. Tenía que finalizar los estudios y tratar de convencer a su madre de que se podía vivir de otra manera, libre de abusos y represión.

No sería un tiempo perdido.

Estaría mejor preparada para continuar su aventura con Jake Freedman cuando se volvieran a encontrar... Sería mayor, más fuerte y estaría en unas condiciones más parecidas a las de él. Podría esperar a que llegara ese momento.

Capítulo 12

«S E FUERTE...».

Laura se repitió esas palabras muchas veces,
cuando trataba de minimizar el salvajismo de
su padre durante las siguientes semanas, prote-
giendo a su madre todo lo que estaba en su mano.
Esperaba que su padre se hubiese enterado de su visita a casa de Jake, pero no sucedió nada al respecto.
O bien, no estaban vigilando a Jake o no habían in-
formado sobre el incidente porque no lo considera-
ron significativo.

Curiosamente, después de la promesa de Jake se
sentía más tranquila. Le resultaba más fácil concentrarse en sus proyectos de paisajismo que cuando lo
veía todas las semanas. Saber qué estaba haciendo
él y por qué, era de gran ayuda. Además, tenía la
esperanza de poder compartir un futuro con él. Era
algo que había guardado para sí, y que no había
compartido con su madre ni con Eddie.

Pasaba mucho tiempo con su madre, todo lo que
le permitían los estudios y su trabajo a media jornada. Nick Jeffries pasaba por la casa dos o tres veces a la semana. Al parecer, tenía muchas cosas que
hacer y su madre aprovechaba la excusa para salir

al jardín y supervisar su trabajo. Era un hombre animado y su compañía era muy agradable, justo lo contrario a su padre, que en los últimos tiempos estaba insoportable.

Una tarde, Laura estaba en la cocina con su madre ayudando a preparar la cena cuando él gritó desde el pasillo:

—¡Laura!

Ella sintió que le daba un vuelco el corazón. ¿Qué había hecho mal?

—¡Estoy en la cocina, papá! —contestó.

«Se fuerte...», pensó.

Continuó cortando las zanahorias y levantó la vista al oír que él decía:

—¡Tienes un buen cuchillo! A lo mejor quieres clavárselo a alguien, Laura.

¿A él, por ejemplo? Tenía una amplia sonrisa en el rostro y la miraba con satisfacción.

—He estado vigilando a Jake Freedman —le anunció.

¡La visita a casa de Jake! Pero había pasado mucho tiempo. No tenía sentido que su padre sacara el tema tanto tiempo después.

Alex le mostró un sobre.

—Aquí tienes las pruebas de lo canalla que es —dio un paso adelante y sacó unas fotos del sobre, colocándolas frente a Laura—. Pensé que te gustaría ver a la amante habitual de Jake, Laura —dijo con tono de mofa y señalando a una mujer rubia, vestida con unas mallas apretadas, que estaba abrazando a Jake como si fuera a besarlo.

Laura sintió un nudo en el estómago al verlo con otra mujer.

–La ve en el gimnasio tres veces a la semana.

Sus palabras le corroían el corazón.

Su padre le mostró la siguiente fotografía.

–Después va a su casa para hacer un poco más de ejercicio.

La rubia aparecía con el cabello suelto. Era muy guapa. Estaba abriendo la puerta de una casa, sonriendo. Jake estaba parado al pie de las escaleras que subían al porche.

–La mujer trabaja en un club los sábados por la noche –continuó el padre–. Muy conveniente. Así él podía quedar contigo. Esto muestra que es un bastardo en todos los aspectos.

Ella no dijo nada. No podía articular palabra. Se sintió aliviada al ver que su padre no esperaba que hiciera comentario alguno.

–Necesito una copa –murmuró él, y se marchó para servirse un whisky. Dejó las fotos en la cocina y provocó que Laura perdiera toda la confianza que tenía en Jake y en el amor que sentía por ella.

Laura las miró de nuevo. Sólo había pasado un mes desde su encuentro en el parque. Un encuentro que él no quería mantener, pero con el que se aseguró que ella no volvería a molestarlo. Ella había aceptado sus motivos y había creído su promesa, sin embargo, él se veía con otra mujer, disfrutaba de su compañía y se acostaba con ella.

Era un hombre de doble cara.

Por supuesto, tenía que serlo para haber podido engañar a su padre.

Un hombre oscuro y peligroso... Debería haberse fiado de su instinto, debería haberle dicho que no, haber evitado que jugara con ella con sus propias reglas.

Las lágrimas se agolparon en sus ojos. Su madre se acercó a ella para abrazarla y ella apoyó la cabeza en su hombro. No tenía fuerza. Se abandonó al llanto y permaneció abrazada a su madre, disfrutando de su verdadero amor.

—Siento que te haya hecho tanto daño —murmuró su madre—. Siento que te hayan metido en los asuntos de tu padre cuando no tenías nada que ver con ellos.

—Lo amaba, mamá. Y pensaba que él me quería. Me prometió que volveríamos a vernos cuando terminara todo esto.

—Quizá era una manera más suave de dejarte que decirte la verdad. Eres una persona maravillosa, Laura. Incluso él se habrá dado cuenta, y seguro que le importabas un poco.

—¡Oh, mamá! ¡Todo es un desastre! —levantó la cabeza y forzó una sonrisa—. Soy un desastre. Gracias por estar a mi lado.

Su madre sonrió también y le secó las lágrimas de la mejilla.

—Igual que tú, también estás a mi lado. Pero, por favor, no pienses que tendrás que estar siempre a mi lado. Quiero que tengas tu propia vida, fuera de aquí. Igual que Eddie.

—Bueno, hablaremos de ello cuando termine la

universidad. Ahora terminemos la cena. No quiero que papá se entere de que estoy triste.

El orgullo hizo que recuperara la fuerza. Recogió las fotografías y dijo:

–Las llevaré a mi cuarto como recuerdo de mi estupidez, me asearé un poco y bajaré a ayudarte. Y no te preocupes por mí, mamá. Estaré bien.

Laura dejó las fotografías sobre la cama, pensando en lo sencillo que había sido para Jake y en lo vulnerable que había sido ella a su atractivo. Era probable que él hubiese salido con aquella mujer desde el principio. Pero aunque aquella rubia fuese una adquisición reciente para su vida sexual, era evidente que él no sentía una fuerte implicación emocional con la hija de Alex Costarella.

Lavándose la cara, Laura deseó poder borrar a Jake Freedman de su mente.

«Sé fuerte...».

Lo sería. Tenía que serlo. Nadie iba a destrozarle la vida. Ni su padre, ni Jake, ni cualquier otro hombre. Aquella rotunda decisión sirvió para que durante la cena pudiera esquivar los comentarios de su padre con buen humor. Y la ayudó a enfrentarse de nuevo a las fotografías cuando regresó a su habitación.

Las guardó de nuevo en el sobre en el que su padre se las había dado. Escribió la dirección de Jake, contenta de que la búsqueda de su casa le hubiese servido para algo. Quería que él se enterara de que ella sabía lo de la otra mujer y que ya no consumiría ni un minuto más de su tiempo.

Para resaltar ese hecho, le escribió una nota.

Si algún día quieres que volvamos a vernos, Jake, tendrás que silbar para llamar mi atención. Voy a continuar con mi vida.

No había angustia en sus palabras. Metió la nota en el sobre, lo cerró y lo guardó en su bolso para enviarlo al día siguiente. Todo había terminado. Su vida le pertenecía otra vez.

Jake revisó su correo y frunció el ceño al ver un sobre con la dirección escrita a mano. Curioso por su contenido, abrió el sobre y sacó las fotografías y la nota de Laura.

Un enorme peso se instaló en su corazón.

Había sido engatusado por la bailarina del gimnasio. Y sin duda trabajaba para Costarella. Él no había sospechado nada cuando ella se agarró a él a la salida del gimnasio y le contó que tenía mucho miedo de que la asaltaran de regreso a casa y que, por favor, la acompañara durante algunas manzanas hasta un lugar donde se sintiera segura. No era mucho pedir y a él no le suponía demasiado esfuerzo acompañarla.

Una semana más tarde, ella se acercó a él y lo abrazó para darle las gracias. Él se retiró ya que no le gustó el gesto y no deseaba implicación alguna con aquella mujer. Pero eso no se mostraba en la fotografía. Costarella no estaba interesado en mostrarle a Laura cuál había sido su reacción.

Jake llevó el correo a casa y lo dejó sobre el banco de la cocina, antes de dirigirse al jardín trasero donde daba el sol. Se sentó en una silla y releyó la nota de Laura.

–«Voy a continuar con mi vida».

Era lo que él le había pedido que hiciera y, probablemente, lo mejor que podía hacer para terminar la relación entre ambos. Costarella no iba a permitir ningún contacto futuro entre ambos. Y aunque le explicara la verdad sobre esas fotografías y ella lo creyera, Costarella buscaría la manera de separarlos.

Sin duda, era mejor que lo que había tenido con Laura terminara para siempre.

No tenían futuro juntos.

Jake dobló la nota y la guardó en el bolsillo de su camisa.

A pesar de que en todo momento sabía que así era como debía ser, le resultaba muy difícil de aceptar.

A pesar de que había conseguido lo que se había propuesto hacerle a Alex Costarella, se sentía vacío. Igual que después de la muerte de su madre y de su padrastro. Pero había conseguido seguir hacia delante. Y lo conseguiría de nuevo.

Debía notar el calor del sol.

Sin embargo, no notaba nada.

El vacío que inundaba su interior era muy frío.

Capítulo 13

DURANTE el resto del año Laura se centró tanto en sus estudios que no sólo consiguió la licenciatura, sino que se graduó con matrícula de honor en todas las asignaturas. Eso le daba facilidades a la hora de entrar en el mundo laboral por primera vez. Enseguida la llamaron para una entrevista en un estudio de arquitectura donde buscaban a un paisajista para completar sus diseños. Era maravilloso sentir que todos sus esfuerzos se veían recompensados y que estaba a punto de comenzar la profesión que había elegido.

La primera semana de diciembre recibió la llamada de teléfono mediante la que le notificaron que la habían contratado y que tenía que estar en el estudio el lunes siguiente. Laura corrió al jardín para contárselo a su madre, que estaba con Nick Jeffries revisando el riego automático.

—¡Mamá! ¡Lo tengo! ¡Me han dado el trabajo! —exclamó con una sonrisa—. ¡Y quieren que empiece la semana próxima!

—¡Eso es fantástico, Laura! —exclamó su madre.

—¡Maravilloso! —repitió Nick, sonriendo—. ¡Enhorabuena!

–Y antes de Navidad –dijo la madre, aliviada. Se volvió para mirar a Nick y le acarició el brazo de una manera extrañamente familiar–. ¿Lo hacemos?

Él asintió.

–Cuanto antes, mejor.

–¿El qué? –preguntó Laura, asombrada.

Nick agarró a su madre del brazo y miró a Laura.

–Tu madre se va a separar de tu padre y se va a venir a vivir conmigo. Estábamos esperando a que tuvieras libertad de elección, Laura, y ya estás colocada.

Laura se quedó paralizada. ¿Su madre y Nick? Nunca lo había imaginado. Sabía que Nick era viudo desde hacía años, pero siempre había sido muy respetuoso con su madre, preocupándose de lo que necesitaba pero sin tomarse ninguna libertad.

–Veo que estás impresionada –dijo la madre con un suspiro.

Laura protestó al ver su expresión de decepción.

–¡No! ¡No! ¡Estoy sorprendida! Y contenta –añadió con una sonrisa.

–Alicia no está bien aquí –dijo Nick, pidiéndole comprensión.

–Estoy segura de que mi madre será mucho más feliz contigo que con mi padre –dijo Laura–. A Eddie y a mí siempre nos has caído bien, Nick. Y te agradezco lo mucho que has animado la vida de mi madre. Creo que es estupendo que te la lleves de aquí, pero te advierto que mi padre se lo tomará muy mal. No sabe perder.

Nick le dio una palmadita en la mano a la madre de Laura.

—Alicia no necesita llevarse nada de aquí. Yo puedo mantenerla.

—Hay muy pocas cosas que me gustaría llevarme de esta casa, Laura. Nick puede meterlas en su furgoneta —dijo la madre, animada al ver que su hija aceptaba la decisión—. Pero tú tendrás que mudarte el mismo día. O venirte con nosotros o irte con Eddie hasta que puedas permitirte tener tu propia casa. No puedo dejarte aquí, y menos cuando tu padre se entere de que lo he abandonado.

—No, eso será mejor no verlo —dijo Laura—. Iré a casa de Eddie para permitir que empecéis tranquilos vuestra vida, juntos —decidió ella—. No será mucho tiempo. En cuanto cobre mi primera paga buscaré un apartamento cerca de mi trabajo.

—Tenemos que contárselo a Eddie —dijo la madre, mirando a Nick.

—Sí, tiene que formar parte del plan.

—No hay problema. Lo llamaré para contárselo —dijo Laura—. Y no te preocupes, mamá. Eddie estará encantado.

La madre negó con la cabeza.

—He de contárselo yo, cariño. Es lo correcto.

—De acuerdo. Sólo quería ahorrarte problemas, mamá.

—Lo sé. Es lo que llevas haciendo durante años —dijo con tristeza—. Ya no más.

—Eso será mi trabajo a partir de ahora —dijo Nick con una sonrisa—. Lo único que tienes que hacer,

Laura, es escoger lo que quieres llevarte contigo, empaquetarlo, y estar preparada para cuando Alicia decida el día.

—Será un día en el que esté segura de que tu padre estará fuera. No voy a enfrentarme a él. Le dejaré una carta y permitiré que descargue su rabia con una casa vacía.

—Será lo mejor —dijo Nick—. Lo creo capaz de emplear la violencia física y no quiero que Alicia tenga que arriesgarse a ello.

—Sin duda será lo mejor —dijo Laura—. ¿Qué tal el viernes, mamá? Estoy segura de que es el día que papá dijo que tenía la reunión con su abogado para recurrir las acusaciones que han presentado en su contra.

—Sí, ¡el viernes será buen día! —exclamó la madre con entusiasmo.

El día de la libertad.

Ella se volvió hacia el hombre que cambiaría su vida.

—Alex no se perderá esa reunión por nada del mundo. En cuanto salga de casa te llamaré, Nick.

—Y vendré enseguida —le aseguró él.

Era enternecedor ver cómo Nick se preocupaba por su madre. Laura tuvo que tragar saliva para deshacer el nudo que tenía en la garganta y poder hablar.

—Ahora que ya está todo arreglado, me voy a mi habitación para escoger lo que quiero llevarme conmigo. Vosotros dos podéis empezar a planear vuestro futuro.

Besó a ambos en las mejillas y se marchó contenta con la idea de que su madre pudiera empezar una nueva vida. Ya no tendría que soportar más abusos, ni tener miedo, ni sufrir miserias. Nick Jeffries no era un hombre rico ni muy atractivo, pero era evidente que su madre se sentía muy atraída por su personalidad.

Y quizá fuera eso lo que ella debería buscar en un hombre.

Y olvidar el fuerte atractivo de Jake Freedman.

Olvidar todo aquello que le había encantado de él.

Un hombre bueno nunca la habría utilizado como Jake había hecho.

La siguiente semana comenzaría una nueva fase de su vida y, probablemente, eso la ayudaría a olvidar a Jake. Estaría muy ocupada forjándose un futuro sin tener que preocuparse del bienestar de su madre, ¡y podrían disfrutar de unas Navidades sin tensiones familiares!

Sonriendo, Laura subió a su habitación para empezar a organizar su mudanza. Tras mirar el contenido de su armario decidió que necesitaría bolsas de basura grandes para trasladarlo todo con más facilidad. Miró los zapatos de color turquesa que Jake había calificado de eróticos en su primera cita. Eran un regalo de su madre. ¿Pero podría volver a ponérselos sin acordarse de él y de lo que había sucedido después de que se los quitara en el hotel?

Llamaron a la puerta y Laura volvió a la realidad.

—Soy yo —dijo la madre.

—Pasa —contestó Laura, deseando pasar tiempo a solas con su madre.

—Nick ha dejado algunas cajas en el cuarto de la lavadora para nosotras —dijo la madre.

—Mamá, ¿estás segura de lo que vas a hacer? —preguntó Laura—. ¿No estarás eligiendo una salida fácil a esta situación?

—No, cariño. Estoy segura —se acercó a la cama y se sentó—. Con tu padre he perdido mi identidad. Quiero encontrar a la persona que podría haber sido y Nick me permitirá hacerlo. Sé que con él soy diferente, y me gusta esa diferencia. Él hace que me sienta bien, Laura, de un modo que nunca me había sentido antes.

Laura se sentía bien con Jake hasta que... Pero no era el momento de pensar en él. Tenía que dejar de pensar en él.

—Eso es estupendo, mamá —dijo ella—. Supongo que todavía estoy un poco sorprendida. ¿Cuándo empezasteis a tener una relación?

—Justo después de mi cumpleaños.

«El diez de octubre», pensó Laura.

—Tu padre se había portado especialmente mal conmigo y yo estaba sentada en el banco del jardín, junto al estanque, llorando sin parar y deseando estar muerta. Nick había venido a trabajar y me encontró allí. Fue muy amable conmigo y trató de consolarme. Hablamos y hablamos...

Ella suspiró y negó con la cabeza como si le resultara demasiado difícil explicarlo, pero la sonrisa de su rostro indicaba el inesperado placer que encontró aquel día.

—En cualquier caso, cuanto más hablábamos más me daba cuenta de que deseaba estar con él, y que él deseaba que estuviera con él. Ambos creíamos que podríamos crear un bonito mundo, juntos. No te lo puedes imaginar, Laura. Todo es muy diferente con Nick. Tan diferente...

Sí, podía imaginarlo. No tenía ningún problema para imaginar cómo era o cómo podría ser. Se acercó a su madre y le dio un abrazo.

—Me alegro mucho por ti, mamá. Asegúrate de contarle todo a Eddie para que no se preocupe por ti.

—Lo haré, cariño. Y ambos deberíais venir a casa de Nick en Navidad. Este año tendremos una bonita celebración.

—Mmm —sonrió Laura—. Podremos divertirnos juntos.

—Sí, ¡nos divertiremos! —exclamó la madre, y salió de la habitación para ir a contárselo a Nick.

Durante los días siguientes Laura y su madre empaquetaron en secreto todo aquello que querían llevarse y lo guardaron en la habitación de Laura, donde su padre nunca se aventuraba a entrar. Eddie apoyó el plan sin dudarlo y también la idea de que lo llevaran a cabo sin que su padre se enterara para evitar cualquier tipo de enfrentamiento.

El viernes por la mañana, Alex Costarella salió de casa para asistir a su reunión. Nick llegó a los pocos minutos de que lo llamaran. Laura y él metieron las cajas y las bolsas en la furgoneta mientras

su madre recogía sus papeles personales de la caja
fuerte de su padre, y comprobaba que no se olvi-
daba nada importante.

Nadie se arrepentía de dejar aquella casa. Era
como si les hubieran quitado un gran peso del corazón. La sensación de libertad era tan intensa que
se reían de todo lo que decían. Laura llamó a Eddie
desde su teléfono móvil para contarle que todo había ido bien. Él los estaba esperando en la calle
cuando llegaron al edificio donde estaba su apartamento.

Entre todos metieron las pertenencias de Laura
en la habitación de invitados y, cuando terminaron,
Eddie y ella acompañaron a Nick y a su madre hasta
la furgoneta para despedirse de ellos y desearles lo
mejor. Su madre sacó un sobre con nerviosismo y
se lo entregó a Laura.

—No sé si está bien que te dé esto —le dijo—. Estaba en la caja fuerte de tu padre y lo vi mientras
buscaba mis papeles. Contiene más fotos de Jake
Freedman, unas que no te mostró, Laura. Creo que
te mintió acerca de las que te dio. Quería separarte
de Jake y haceros daño. Siempre quiere hacer daño
cuando no se sale con la suya. Quizá, si ves estas
fotos disminuya un poco tu sufrimiento. Espero que
así sea, cariño.

Laura se sentía como si le hubieran clavado un
cuchillo en el corazón. Sin embargo, se esforzó para
sonreír y dijo:

—No te preocupes, mamá. Lo hecho, hecho está,
y ya es pasado. Vete con Nick. Sé feliz.

Una vez se marcharon, ella permaneció mirando a lo lejos. Eddie se percató de su nerviosismo y la agarró por los hombros.

–Puede que sea el pasado, pero no lo has superado, ¿verdad, Laura? Sé que todavía te acuerdas de él. Vamos dentro y veamos lo que hizo papá para destruir vuestra relación.

Eran las fotografías previas y posteriores a las que su padre le había enseñado para que rechazara al hombre que amaba. Jake no había entrado con la mujer rubia a la casa. Ella había entrado sola. Incluso en las fotos en las que aparecían caminando por la calle no se veía ningún gesto de intimidad. Sólo a un hombre acompañando a una mujer.

En cuanto al beso del gimnasio, era evidente que la mujer se había lanzado a los brazos de Jake. Había fotos en las que aparecía su cara de sorpresa, de impaciencia y rechazo, cosas que no eran visibles en las fotos que su padre le había mostrado.

–Ha sido una encerrona –murmuró Eddie–. He visto a esta mujer en otras ocasiones. Sin duda papá le habrá pagado bien por el trabajo.

–Ni siquiera le di a Jake la oportunidad de explicarse –dijo Laura–. Le envié las fotos con una nota, diciéndole que iba a continuar con mi vida.

–No te preocupes, Laura. Estoy segura de que Jake es lo bastante inteligente como para darse cuenta de que papá no iba a permitir que tuvierais una relación. Es probable que Jake pensara que te ahorraría sufrimiento separándose de ti.

—No confié en él. No fui lo bastante fuerte —se quejó.

Eddie frunció el ceño.

—¿Crees que él sentía algo sincero por ti?

—¡Sí! Era la situación lo que complicó las cosas. Me prometió que volveríamos a vernos, pero lo he estropeado todo, Eddie. Por confiar en papá en lugar de en él. ¡Lo he estropeado todo!

—No necesariamente. Debes de tener su dirección si pudiste enviarle la carta —dijo su hermano—. Ahora te has librado de papá, Laura, y mamá también. ¿Por qué no vas a visitar a Jake y descubres qué piensa de ti? Es mejor saberlo que no saberlo.

—¡Sí! —se levantó de la mesa donde habían extendido las fotografías, decidida a intentar solucionarlo—. Iré. No tengo nada que perder, ¿no crees?

Él asintió.

—Si crees que tienes que ir, ve.

Y eso es lo que hizo.

La esperanza invadió su corazón durante el trayecto, hasta que llamó a la puerta de la casa de Jake y abrió una mujer con un bebé en brazos.

—Hola. ¿Eres una de nuestras nuevas vecinas? —preguntó la mujer.

—No. Estaba buscando a Jake Freedman —dijo Laura.

—Oh, lo siento. Me temo que ya no vive aquí y no tengo su nueva dirección. Le compramos la casa hace dos meses y se mudó la semana pasada. No tengo ni idea de dónde puedes encontrarlo.

—Está bien. Gracias. Que seáis felices aquí.

En la casa que Jake había construido y que después había vendido.

Laura no tenía ni idea de dónde podía haber ido.

«Pero esto no es el final», pensó mientras regresaba caminando a Paddington. El juicio contra su padre estaba visto para sentencia en marzo del año siguiente, tres meses después. Jake era el testigo principal de la acusación. Tendría que asistir a juicio y presentar pruebas para terminar la misión que había provocado que se separaran.

Un juzgado era un sitio público.

Podría ir allí.

Iría.

Capítulo 14

EL PRIMER día de juicio Laura se vistió con el traje negro que empleaba para las reuniones de trabajo. Deseaba que Jake la viera como una mujer adulta, establecida en su carrera profesional y capaz de mantenerse por sí misma. El traje acentuaba su silueta y Laura se dejó el cabello suelto para parecer sexy. Quería que él recordara los momentos de placer que habían compartido.

Tenía toda la semana para entrar en contacto con él, puesto que había pedido días libres en el trabajo, pero prefería hacerlo cuanto antes. Llegó temprano a los juzgados y miró en la sala de espera y en los pasillos, pero no lo encontró. Entró en la sala de juicios y se acomodó en uno de los bancos, convencida de que allí lo vería en algún momento.

Su padre estaba sentado junto a su abogado. Él la vio y la fulminó con la mirada antes de volver la cabeza.

A Laura no le importaba lo que él pensara. Sólo le importaba lo que pensara Jake.

Comenzó el proceso. Jake no había entrado en la sala. Laura escuchó las preguntas que su padre debía contestar. Aquello era en lo que Jake había estado trabajando en secreto, a lo que había dado más importancia que a su relación.

Nombraron dieciséis empresas, y JQE estaba entre ellas. Empresas que podían haberse salvado gracias a créditos puente pero que su padre había elegido destruir, aprovechándose para cobrar mucho dinero gracias a sus servicios como liquidador.

El juez lo describió como una actuación basada en intereses personales.

El día transcurrió sin rastro de Jake, ni en la sesión de la mañana, ni en el descanso para comer, ni en la sesión de la tarde.

Su padre fue el único testigo convocado. Admitió que había ganado entre cuatro y seis millones de dólares al año gracias a las empresas en quiebra, pero insistió en que el proceso había sido el adecuado y en que era inocente. Laura odiaba tener que oír sus palabras. No dejaba de mirar a su alrededor, tratando de buscar a Jake y deseando que apareciera.

¿Por qué no estaba allí?

Sin duda, aquello era la culminación de su misión.

¿No debía escuchar lo que su padre decía para poder refutarlo?

Jake estaba sentado en uno de los despachos, esperando a que el abogado de la acusación le informara sobre la sesión de la tarde. Estaba seguro de que Alex Costarella sería castigado por corrupción.

La puerta de cristal le permitía ver la entrada de la sala de juicios. Al ver que entraba en ella un grupo de gente supo que había terminado la sesión.

Jake reconoció a los periodistas que habían intentado entrevistarlo. El caso estaba teniendo bastante repercusión en la prensa de economía. Y eso era bueno. Cuanta más gente supiera lo que sucedía, más gente podría prevenirlo.

¡Laura!

Jake se puso en pie asombrado de verla entre los asistentes. Se preguntó qué estaría haciendo allí y deseó acercarse a ella para estrecharla entre sus brazos. Había pasado casi un año, pero su imagen había provocado que su cuerpo ardiera de deseo otra vez.

Estaba muy guapa. El traje negro que llevaba resaltaba su silueta y su suave melena pedía que la acariciaran. Jake notó una fuerte tensión en la entrepierna. Nunca había deseado tanto a una mujer. Si se acercaba a ella, ¿respondería de forma amistosa o...?

Lo más probable era que lo rechazara, teniendo en cuenta que se había creído la historia que su padre le había contado acerca de las fotografías que ella le había enviado después. Sin duda, estaba allí para apoyar a su padre.

Observó cómo se detenía frente al ascensor y esperó a que las puertas se cerraran detrás de ella. Un sentimiento de pérdida lo invadió por dentro.

Al día siguiente tenía que presentarse como testigo. Si Laura asistía al juicio otra vez... Conseguiría

que creyera todas sus palabras, todas las declaracio-
nes acerca de su padre. Quizá él no ganara nada a nivel personal pero, al menos, ella no continuaría apoyando a su padre, el hombre que había estropeado la
posibilidad de que forjaran un futuro juntos.

El segundo día...

Laura acababa de sentarse en la última fila de la
sala cuando su padre se puso en pie, empujando de
manera violenta la silla que ocupaba en la mesa de su
abogado. La miró furioso y se acercó a ella por el
pasillo, con intención de buscar enfrentamiento.

Ella permaneció sentada, dispuesta a lidiar con
su ira. Desde que su madre y ella se habían marchado de casa, antes de Navidad, ningún miembro
de la familia había tenido contacto con él. Su padre
ya no tenía poder sobre ellas. No podía hacerle
nada, y menos en público. Pero si las miradas ma-
taran, ella ya habría muerto.

—¿Qué diablos estás haciendo aquí? —preguntó él
muy enfadado.

—Escuchar —contestó ella con tono cortante.

—¿Has vuelto con Jake Freedman?

—No

—Lo estás buscando.

—Me mentiste acerca de él, papá. He venido a escuchar la verdad.

—¡La verdad! —exclamó él—. Tú te beneficiaste
también de la ruina de su padrastro. Ésa es la verdad. Y Freedman no lo olvidará con facilidad.

La aparición del juez obligó a que el padre regresara a la mesa del abogado. Laura estaba temblando tras el encuentro. Confiaba tanto en poder retomar su relación con Jake que no había valorado otros factores. Laura seguía siendo la hija de su padre y era posible que Jake hubiese conseguido olvidar todo lo que sentía por ella, sobre todo después de que lo hubiese acusado de algo falso.

Al oír que llamaban a Jake, enderezó la espalda y apretó las piernas con fuerza. Jake vestía un traje gris y estaba tan atractivo que ella sintió un nudo en el estómago al verlo. Incluso el sonido de su voz provocó que los recuerdos íntimos aparecieran en su mente.

Él miró alrededor de la sala antes de sentarse. Durante un instante, posó la mirada sobre ella. No sonrió, ni cambió la expresión de su rostro al verla. Ella tampoco sonrió. Los sentimientos que la invadían eran demasiado intensos. Deseaba que Jake supiera que estaba allí por él. Al instante, Jake miró al abogado de la acusación y se acomodó en la silla.

No volvió a mirar a Laura.

Ni una vez.

Laura escuchó su testimonio y comprendió que la actuación de su padre no tenía en cuenta el interés de las empresas. Se había dedicado a facturar grandes sumas de dinero a los empleados, incluso a la chica que preparaba los cafés. En una reunión con los acreedores, el precio del café que les sirvieron ascendía a unos ochenta dólares la taza.

—No está mal —dijo el juez con ironía.

—No es plato de buen gusto cuando los acreedo-res nunca llegaron a obtener lo que les correspondía —contestó Jake, con la misma ironía.

Continuó presentando la lista de pruebas y res-paldándolas con cifras que sólo daban lugar a un claro caso de corrupción. Laura se sintió avergon-zada por ser la hija de un hombre al que no le preo-cupaba hacer daño a la gente mientras él consiguiera ganar más dinero. Ella sabía que era un hombre cruel, pero no imaginaba que su desprecio por los demás llegara tan lejos.

Comprendía por qué Jake tenía tanto interés en que aquello sucediera, sobre todo teniendo en cuen-ta lo que le había pasado a sus padres. Hacía bien en delatar a su padre, así evitaría que otras personas sufrieran situaciones similares. Lo admiraba por ello. Pero su padre tenía razón. Ella seguía siendo su hija y por tanto también había disfrutado de los beneficios que él había obtenido a costa de su fami-lia. No era culpa suya pero, para Jake, también es-taría manchada por el delito.

«No quiero desearte», Laura recordó sus pala-bras.

Y no había muestra alguna de que él continuara deseándola. Ni siquiera había vuelto a mirarla, y probablemente odiaba que ella estuviera allí para recordarle sus momentos de debilidad.

«Sé fuerte...».

Su manera de comportarse, su voz, su exposición de los hechos, todo ello había demostrado la fortaleza de Jake. Era evidente que no iba a tratar de retomar la relación con ella. Laura salió de la sala en cuanto terminó la sesión de la tarde. No tenía sentido que regresara al día siguiente. Era evidente que Jake había pasado página y ella debía hacer lo mismo.

Se dirigió al ascensor y apretó el botón de bajada. Otras personas se detuvieron a su lado para esperar al ascensor. Estaban comentando la sesión y decían que su padre era un gran estafador. Nadie mostraba lástima por él.

De pronto, Laura decidió que no podía permitir que Jake pensara que estaba allí para apoyar a su padre. Llegó el ascensor, y se echó a un lado para que pasara la gente. Era lo último que le quedaba por hacer, por respeto a sí misma.

Jake salió de la sala de juicios con su abogado. Laura decidió que no le importaba si interrumpía algo importante. Lo que tenía que decir era breve y muy importante para ella. Apretó los puños, alzó la barbilla y se acercó a ellos.

Jake levantó la vista al sentir que se acercaba. La miró fijamente y escuchó lo que le decía su abogado. Jake gesticuló con la mano como para quitarle importancia y continuó mirando a Laura. Ella se detuvo a poca distancia.

—He descubierto que mi padre mintió sobre las fotografías. Siento que dejara que influyeran en mi opinión sobre ti, Jake. Te deseo lo mejor.

Eso fue todo.

Se volvió y se dirigió hacia el ascensor, donde

otro grupo de gente esperaba a que llegara. Ya podía marcharse, después de haber reconocido que se
había equivocado con Jake. Y le había deseado lo
mejor. Era un buen hombre.

¡Ella no lo odiaba!

La barrera que Jake había erguido a su alrededor
para proteger sus sentimientos hacia Laura Costarella se rompió de golpe. ¿Qué quería decir con aque-
llas palabras? Ni siquiera le había dado tiempo a
responder. Se había marchado sin esperar a que ha-
blara.

¿Desde cuándo sabía que su padre la había enga-
ñado? Si hubiese sido antes del juicio, no habría ido
allí para apoyarlo. ¿O es que había ido por curiosidad, para conocer todo acerca de lo que había puesto
límites a su relación con él? Sin duda, no se habría
molestado a menos que todavía sintiera algo por él.

«Te deseo lo mejor», recordó sus palabras.

Era una despedida.

Pero Jake no quería que así fuera. Deseaba...

Se abrió la puerta del ascensor. Laura entró con
el resto de personas que estaban esperando. Se estaba marchando y él no podía permitir que ocu-
rriera.

Sin pensarlo, se llevó los dedos a la boca y emitió
el silbido más penetrante que había emitido nunca.

Capítulo 15

EL SILBIDO sobresaltó a todos los que andaban por allí. La gente dejó de hablar por un momento y se volvió para mirarlo. Laura, recordó de inmediato la nota que le había enviado a Jake.

«Si algún día quieres que volvamos a vernos, Jake, tendrás que silbar para llamar mi atención. Voy a continuar con mi vida».

¿Había sido él? Por favor... Que fuera cierto que quería reunirse con ella otra vez.

La gente entró en el ascensor, pero Laura permaneció fuera, otra vez. Se volvió para comprobar si había sido Jake el que había silbado.

Jake se dirigía hacia ella con decisión y mirándola fijamente a los ojos.

—Ha pasado mucho tiempo —le dijo, deteniéndose a su lado.

—Sí —contestó ella, confusa por la mezcla de sentimientos.

—Hay una buena cafetería en la esquina del siguiente bloque. ¿Puedo invitarte a un capuchino?

Ella tragó saliva para deshacer el nudo que tenía en la garganta.

—Me encantaría —contestó.

—¡Bien! —dijo él, y la rodeó para apretar el botón del ascensor. Jake le dedicó una sonrisa—. Yo también te deseo lo mejor, Laura. Siempre lo he hecho.

Ella asintió.

—¿Sigues viviendo con tu padre?

—No. Trabajo a jornada completa en un estudio de arquitectura, como paisajista. Tengo mi propio apartamento.

—¿Y tu madre?

—Se mudó al mismo tiempo que yo. Está bien. Mucho más feliz.

—¿Vive contigo?

—No. Con Nick Jeffries, el jardinero de nuestra casa. Él es viudo, y están muy enamorados.

—¡Vaya! —exclamó Jake, sorprendido—. Supongo que ya no tienes que preocuparte por ella.

—No. Nick ha hecho que se convierta en una mujer resplandeciente y positiva.

—¡Eso es magnífico!

Jake parecía alegrarse de verdad. ¿Porque no quería que nadie fuera víctima de su padre o porque se alegraba de que ella se hubiera independizado y quizá pudiera retomar la relación con él? ¿Era eso? Ella seguía siendo la hija de Alex Costarella. Eso no podía cambiarse.

Cuando llegó el ascensor, Jake gesticuló para que Laura pasara primero. Eran los únicos que bajaban en ese viaje. Jake permaneció en silencio. Laura era demasiado consciente de su presencia como para pensar algo que decir. Los besos apasionados y las deliciosas caricias que habían compartido invadían su cabeza. Tuvo que apretar las piernas para detener el ardiente deseo que se apoderaba de ella por momentos.

Mientras caminaban por la calle, ella deseaba que él la agarrara de la mano, pero él no mostraba ningún interés por acercarse a ella. Una vez en la cafetería, Jake la guió hasta una mesa y esperó a que ella se sentara para ocupar la silla de enfrente.

—Como en los viejos tiempos —comentó ella.

—Ha llovido mucho desde entonces. ¿Estás contenta con tu profesión?

Laura asintió.

—Me encanta. ¿Y tú, Jake? ¿Has empezado a reformar otra casa?

—Sí. Vendí la última que hice.

—Lo sé.

Él la miró intrigado y ella se sonrojó al darse cuenta de que se había delatado.

—El día que nos marchamos de casa, mi madre me entregó un sobre con las fotografías que había encontrado en la caja fuerte de mi padre. Entonces me di cuenta de que te había tendido una encerrona y me había contado una historia falsa...

—Te dijo que yo era un mentiroso —Jake terminó la frase por ella—. No te culpo por haberlo creído, Laura. Fue culpa mía. No debería haberte tocado jamás. Hice que quedaras en una posición muy mala mientras yo me ocupaba de arreglarlo todo para enfrentarme a tu padre.

—En cualquier caso, yo me sentí muy mal por ha-

berte echado de mi vida sin más y me dirigí a Woollahra para pedirte disculpas. Pero ya te habías marchado de allí. No tenía manera de encontrarte, y por
eso vine al juicio. Me alegro de haberlo hecho. Oír
todo lo que se ha dicho ha hecho que comprenda
por qué necesitabas enfrentarte a mi padre. Tenías
motivos para hacerlo. Y te deseo lo mejor, Jake.

El camarero se acercó para tomarles nota y Jake
pidió dos capuchinos. Le preguntó a Laura si quería
algo de comer, pero ella negó con la cabeza. Sentía
un nudo en el estómago. Cuando el camarero se
marchó, Jake la miró durante unos instantes.

–No ha terminado, Laura –dijo él–. Durante los
próximos días se dirán cosas muy feas sobre mí.

–¿Y serán ciertas? –preguntó ella.

–No a nivel profesional. Él no puede negar la evidencia que hay en su contra. Confío en que nada cambie el resultado final. Lo han echado del sector, a pesar de lo que diga en mi contra para desacreditarme.

–¿Sabes lo que va a decir?

Jake puso una mueca.

–Tú eras mi única debilidad, Laura. Imagino que
atacará mi forma de ser relacionándola con la relación que tuve contigo.

Ella frunció el ceño.

–Pero eso no tiene nada que ver con cómo ma-
nejó su negocio.

–Supongo que intentará relacionarlo.

Laura deseó que se demostrara lo canalla y mentiroso que había sido su padre, y que fuera él quien
sufriera por una vez.

Se inclinó hacia delante y dijo:

—Me he tomado una semana libre en el trabajo. Podría testificar a tu favor. Yo sé que no me hiciste nada malo, Jake.

—Ésta no es tu batalla, Laura. Cometí un error al ponerte en la línea de fuego y no volveré a hacerlo.

—Sí es mi batalla —se quejó ella—. Me he llevado las balas y quiero devolverlas. No me avergüenzo de haber tenido una relación contigo. Tendremos mucha más fuerza si nos enfrentamos a esto juntos. Imagino que te darás cuenta de que todo lo que mi padre crea que puede sacar gracias a nuestra relación, dejará de tener sentido si seguimos juntos.

—¿No hay ningún otro hombre en tu vida, Laura?

La pregunta hizo que se sobresaltara.

—No. Estoy libre.

De pronto, se le ocurrió que quizá él no lo estuviera. No la había tocado. Sólo porque su recuerdo hubiera impedido que ella se fijara en otros hombres no significaba que a él le hubiera pasado lo mismo.

—Lo siento. No pensé que... —se sonrojó antes de terminar la frase—. Si tienes otra relación, por supuesto que esto no funcionará.

—No la tengo —dijo él, y estiró la mano para acariciarla—. No hay nada que me atraiga más que volver a salir contigo, Laura. Sólo quiero estar seguro de que a ti te parece bien.

Una intensa felicidad invadió su corazón. Ella lo miró, incapaz de creer que podría tener otra oportunidad con él. El calor de su mano se extendió por su cuerpo, prometiéndole el amor que anhelaba.

—¿Me enseñarás la casa que estás reformando?

Era una pregunta crítica, con la que valoraría hasta qué punto él estaba dispuesto a comprometerse.

Jake puso una sonrisa y el brillo iluminó su mirada.

—¿Será demasiado pronto si vamos cuando terminemos el café?

Ella se rió.

—No, no es demasiado pronto. ¿Dónde está?

—En Petersham. A diez minutos en tren de Town Hall, y a un corto paseo de la estación. Tiene buena conexión con el centro de la ciudad.

—¿También es un ático?

—No. Una casita de dos habitaciones con jardín. Lleva abandonada varios años —sonrió—. A lo mejor puedes darme alguna idea acerca de qué hacer con el jardín.

Era tan maravilloso que él quisiera compartir su proyecto con ella que Laura no pudo evitar sonreír.

—Me encantaría diseñar un jardín al estilo antiguo. Hasta ahora, todo lo que he hecho han sido paisajes modernos.

—Entonces tendrás que acompañarme a comprar plantas —dijo él—. Aconsejarme para que compre lo mejor.

Laura estaba feliz con la idea de compartir más tiempo con él.

—Por supuesto —le aseguró, convencida de que volvería a amar a aquel hombre.

El camarero regresó con los capuchinos y Jake

le soltó la mano. Acababa de comenzar otra aventura, una que prometía ser mucho más intensa que la primera que habían compartido. Laura no recordaba ningún café que hubiera tenido tan buen sabor.

Jake apenas podía creer lo afortunado que era. Laura no había rehecho su vida con otro hombre. Y tampoco había desperdiciado el tiempo que habían estado separados. Se había independizado de su padre y había dejado claro que nunca volvería estar influenciada por él. Ya era irrelevante que fuera la hija de Alex Costarella. Simplemente era Laura, la mujer fuerte, bella y encantadora que él amaba. Y lo único que importaba era que podía volver a tenerla a su lado.

Se fijó en que tenía espuma del capuchino en el labio superior y deseó lamérselo para quitársela. Ella se adelantó y se relamió para limpiarse. Lo miró con brillo en los ojos, como si supiera lo que él había pensado.

–No he deseado a ninguna mujer desde que estuve contigo, Laura –dijo él. Era la verdad y necesitaba que ella la supiera. Las malditas fotografías podían haber hecho que ella dudara de lo que él sentía por ella. Aquél era un nuevo comienzo y no podría soportar que nada lo estropeara.

Ella sonrió.

–A mí me ha pasado lo mismo, Jake, aunque he pensado muchas cosas malas sobre ti.

–La mujer de la fotografía... Me dijo que tenía

miedo que la asaltaran de camino a casa y me suplicó que la acompañara después del gimnasio. Fue un acto de amabilidad, Laura, nada más.

—Me gustan los hombres amables. Nick es muy amable con mamá. Papá nunca se portó así con ella.

«Ni contigo. Todo eran exigencias y abusos, si no las cumplías».

Jake comprendía por qué el matrimonio no era algo atractivo para Laura. Pero quizá pudiera conseguir que cambiara de opinión, si conseguía pasar suficiente tiempo con ella.

Deseaba formar una familia en un futuro. Y deseaba hacerlo con ella.

Laura dejó la taza en la mesa y preguntó:

—¿Hemos terminado? ¿Nos vamos?

El deseo se apoderó de Jake. No pudo darse más prisa en salir de la cafetería. Se dirigieron a Town Hall agarrados de la mano. La acera estaba llena de gente y, en un momento dado, Jake echó a Laura a un lado y la abrazó.

—Llevo deseando hacer esto desde que te vi ayer —murmuró él.

—¿Ayer?

—Pensé que habías venido para apoyar a tu padre. Si hubiese sabido que venías por mí...

Él no podía esperar. Igual que el primer día en el jardín, necesitaba besarla y es lo que hizo. Ella lo rodeó por el cuello y lo besó también, provocando que el deseo se apoderara de ellos de forma desenfrenada.

Pero no podían satisfacerlo en un espacio público.

Tenían que continuar.

Y eso es lo que hicieron.

Juntos.

Acepte 2 de nuestras mejores novelas de amor GRATIS

¡Y reciba un regalo sorpresa!

Oferta especial de tiempo limitado

Rellene el cupón y envíelo a

Harlequin Reader Service®
3010 Walden Ave.
P.O. Box 1867
Buffalo, N.Y. 14240-1867

¡Sí! Por favor, envíenme 2 novelas de amor de Harlequin (1 Bianca® y 1 Deseo®) gratis, más el regalo sorpresa. Luego remítanme 4 novelas nuevas todos los meses, las cuales recibiré mucho antes de que aparezcan en librerías, y factúrenme al bajo precio de $3,24 cada una, más $0,25 por envío e impuesto de ventas, si corresponde*. Este es el precio total, y es un ahorro de casi el 20% sobre el precio de portada. !Una oferta excelente! Entiendo que el hecho de aceptar estos libros y el regalo no me obliga en forma algúna a la compra de libros adicionales. Y también que puedo devolver cualquier envío y cancelar en cualquier momento. Aún si decido no comprar ningún otro libro de Harlequin, los 2 libros gratis y el regalo sorpresa son míos para siempre.

416 LBN DU7N

Nombre y apellido	(Por favor, letra de molde)

Dirección	Apartamento No.

Ciudad	Estado	Zona postal

Esta oferta se limita a un pedido por hogar y no está disponible para los subscriptores actuales de Deseo® y Bianca®.
*Los términos y precios quedan sujetos a cambios sin aviso previo.
Impuestos de ventas aplican en N.Y.

SPN-03   ©2003 Harlequin Enterprises Limited

Domar a un jeque

OLIVIA GATES

El jeque Shaheen Aal Shalaan se fijó en ella en una fiesta y enseguida decidió que sería suya. Tras intercambiar unas cuantas palabras, Shaheen tuvo a la misteriosa mujer en su cama, donde ella despertó las pasiones que se había estado negando durante tanto tiempo.

Entonces, el jeque descubrió la verdadera identidad de su amante. Era Johara, su amiga de la infancia, ahora convertida en una mujer bellísima sin la que no podía vivir. Sin embargo, su puesto en la casa real de Zohayd exigía un matrimonio de Estado. Pero ¿cómo iba a darle la espalda a la mujer que esperaba un hijo suyo?

Estaba decidido a poseerla

¡YA EN TU PUNTO DE VENTA!

Bianca.

Su marido quería que volviera

Cuando su marido le puso la alianza, Marina pensó que sus sueños se habían hecho realidad. Pero su matrimonio no fue el cuento de hadas que había imaginado y, al final, se marchó con el corazón roto.

Dos años después, Pietro D'Inzeo ya no poblaba los sueños de Marina. Ella sabía que había llegado el momento de seguir con su vida. Había tomado esa decisión y, aunque él la había emplazado a visitarlo en Sicilia, nada haría que cambiara de idea.

Un sueño fugaz

Kate Walker